PAULA TOYNETI BENALIA

O DIA EM QUE TE TOQUEI

DEUSAS DE LONDRES
LIVRO 2

1ª Edição

2019

Direção Editorial: Roberta Teixeira
Gerente Editorial: Anastacia Cabo
Preparação de texto e diagramação: Carol Dias
Arte de Capa: Gisely Fernandes
Revisão: Artêmia Souza

Copyright © Paula Toyneti Benalia, 2019
Copyright © The Gift Box, 2019

Todos os direitos reservados.
Nenhuma parte do conteúdo desse livro poderá ser reproduzida em qualquer meio ou forma – impresso, digital, áudio ou visual – sem a expressa autorização da editora sob penas criminais e ações civis.

Esta é uma obra de ficção. Nomes, personagens, lugares e acontecimentos descritos são produtos da imaginação da autora. Qualquer semelhança com nomes, datas ou acontecimentos reais é mera coincidência.

Este livro segue as regras da Nova Ortografia da Língua Portuguesa.

CIP-BRASIL. CATALOGAÇÃO NA PUBLICAÇÃO
SINDICATO NACIONAL DOS EDITORES DE LIVROS, RJ
Meri Gleice Rodrigues de Souza - Bibliotecária CRB-7/6439

B393d
    Benalia, Paula Toyneti
      O dia em que te toquei / Paula Toyneti Benalia. - 1. ed. - Rio de Janeiro : The Gift Box, 2019.
      185 p.

      ISBN 978-85-52923-85-5

      1. Romance brasileiro. I. Título.

19-57388   CDD: 869.3
                  CDU: 82-31(81)

"Quando a boca não consegue dizer o que o coração sente, o melhor é deixar a boca sentir o que o coração diz."
William Shakespeare

Este livro é inteiramente dedicado a uma mulher que começou sendo minha amiga, se tornou minha cunhada e agora é minha irmã. Pri, te amo.

Capítulo 1

"Aprendi muito com os jogos. Aprendi a passar confiança e a não confiar no outro; apostar quando tivesse certeza da vitória e, principalmente, a não envolver meu coração na mesa onde um baralho pudesse ser exposto. Aprendi a olhar nos olhos do adversário e conhecer até o seu íntimo. O medo sempre se estampa antes do final da jogada."

(Diário secreto de Nataly, Londres, 1801.)

NATALY

A casa estava cheia. Era a última noite naquele salão. Depois ficaríamos fechados por alguns meses e reabriríamos em um novo local, que já estava sendo preparado para receber a Spret House.

Dom Carlo também se aposentaria. Estava cansado de ficar por trás daquela vida agitada, das cobranças, de cuidar dos credores, das minhas meninas problemáticas, dos bêbados, dos jogadores... e das minhas vinganças. Estava cansado de tudo e eu não o julgava. Desde que dei início àquele negócio, Dom Carlo começou como um comerciante que fornecia lenhas, depois o velho senhor me protegeu de homens que queriam nos fazer mal e, quando as coisas começaram a melhorar, sempre esteve ao meu lado. Se tinha uma coisa que eu sabia reconhecer era lealdade.

Estava deixando-o partir, mas a casa de jogos precisava de alguém que ficasse à frente. Estávamos em 1803 e não se aceitavam mulheres no comando de nada. Quando o sol se punha, a Spret recebia duques, condes, marqueses, comerciantes, barões e todos os homens ricos e importantes da cidade. Éramos o clube mais famoso de jogos e prostituição. Lá deixavam suas fortunas e seus segredos, em troca, eu lhes dava diversão. Mas precisava de um homem e meu segredo ficaria mantido até a minha morte. Aqueles homens não poderiam saber que havia uma mulher que comandava aquele império ou então tudo desmoronaria.

Naquele mundo, eu era Nataly, uma prostituta, uma lenda. Ninguém saberia dizer quantos homens já tinham passado por minha cama ou não. Muitos diziam que sim, contavam histórias para os seus amigos, inventavam fantasias e aquilo fazia de Nataly a deusa do amor. O que era verdade ou mentira ficaria comigo até a morte, assim como meus segredos da Spret House.

O maior dilema da minha vida eu enfrentava naquele momento: substituir Dom Carlo. Eu não confiaria em mais ninguém. E só tinha uma forma de garantir que não fosse traída: eu precisava encontrar um marido. Um que tivesse cérebro suficiente para controlar meus negócios, dívidas exorbitantes para poder ser comprado, nenhum coração para se colocar na bandeja e escrúpulo algum para aceitar fazer parte deste contrato.

— Tem certeza de que vai se expor esta noite? — Dom Carlo perguntou, preocupado.

Eu sempre ficava à espreita. Minhas aparições eram raras. Como toda lenda, eu pouco era vista.

— Preciso estar atenta. Só eu posso identificá-lo. Conheço todas as fichas, sei de cada dívida que eles têm, as terras que tomei de cada um, seus segredos... mas os conheço por nome. Preciso vê-los jogando, ver suas habilidades. Preciso conhecê-los pessoalmente, se são ardilosos, se têm boa presença. Sabe que preciso de alguém que faça a diferença.

Ele sorriu em compreensão.

Eu tinha investido quase tudo o que eu tinha no novo clube, porque queria fazer a maior fortuna já vista com ele. E não era por dinheiro. Era por vingança! Não era para uma pessoa. Eu odiava a sociedade como um todo e queria destruir um por um que pisasse dentro daquele lugar. Eu ia arrancar os seus segredos, suas riquezas. *Deixar os burgueses de Londres em ruínas, assim como tinham feito com a minha mãe*, pensei, sorrindo, enquanto meu coração sangrava. Eu saí de Paris com aquele propósito!

— Nesta noite deixe todas as mesas livres para as apostas. Quero que todos se endividem. Não coloque limites. Preciso que todos os cavaleiros de Londres fiquem à beira da ruína. Vou estar de olho em cada mesa. Dobre, triplique as apostas! Coloque prostitutas servindo bebidas por conta da casa. Quando eu der a ordem para encerrar, você e os credores farão as negociações com todos, menos com o que eu der sinal. Este será o escolhido, aquele que será o meu marido. Esta noite, Dom Carlo, eu o escolherei.

Não tenho outra opção.

Ele assentiu, me deixando sozinha no escritório.

Retoquei meu batom, coloquei uma máscara para disfarçar e não chamar muito a atenção, respirei fundo e pensei nela mais uma vez. Ela nunca me disse o nome da sua família, daqueles que a deixaram em ruína e foram responsáveis por tudo que ela passou. *Mas eu era Nataly e, em breve, seria dona da metade de Londres*, pensei com um sorriso no rosto, *não só os bens, mas os segredos seriam meus.*

Com aquele pensamento, desci as escadas para o barulho infernal que estava lá embaixo e comecei a analisar mesa por mesa. Dava para ver os tolos que perdiam com facilidade; aqueles que ganhavam por sorte; aqueles que tinham habilidades, mas eu sabia que eram casados; outros que não tinham aparência... até que um me chamou atenção.

Primeiro, por sua beleza. Eu sabia identificar um homem bonito de longe, afinal, esse era o meu mundo.

Jogado de forma despojada na cadeira, diferente de todos os outros cavalheiros do salão, ele não usava gravata por baixo do colete e do terno de corte impecável, o que demonstrava que tinha bom gosto, mas era um libertino nato. Sua camisa tinha dois botões abertos, o que era quase uma afronta para uma dama; não para mim, obviamente. O cavalheiro olhava atentamente para as cartas dispostas na mesa e mantinha as sobrancelhas arqueadas em atenção ao jogo. Notei quando ele, disfarçadamente, olhou rapidamente para todos os rostos dos seus adversários, que estavam com ele sentados ao redor da mesa. Isso era um bom sinal; ele analisava seus concorrentes. Na sequência, voltou a olhar suas cartas, sem demonstrar qualquer sinal em sua face do que tinha nas mãos.

Afastei-me quando percebi que ele me olhou, paralisando seu olhar por alguns instantes. Não queria chamar sua atenção. Não queria perder o foco, e se tinha algo que faria uma mulher perder o foco era o olhar daquele homem. Era penetrante. Seus olhos eram verde-escuros, quase pretos, pude reparar.

De longe continuei observando-o durante toda a noite. Pude ver quando blefou, ver como era mais esperto que os outros jogadores e quando no final aumentou todas as apostas na certeza de que iria ganhar. Nessa hora, eu precisava que ele perdesse e foi assim que também pude perceber que, acima de tudo, aquele homem era muito esperto, mas tudo se perdia quando via um par de seios.

— *Ma Chérie* — chamei Laura, uma das minhas meninas. Era assim que chamava todas as minhas protegidas, as cortesãs que ficavam sob minha responsabilidade e que se tornavam minha família. — Está vendo aquele lorde? — Apontei. — Sirva bebidas a ele e o distraia do jogo. Preciso que ele perca a rodada de pôquer. Faça o que for necessário. Não se preocupe, eu pagarei sua noite, *petit*.

Fiquei olhando e então ela cumpriu seu papel e pisquei para que Dom Carlo, que estava próximo, se aproximasse.

— Quem é o cavalheiro? — perguntei, fazendo sinal com o olhar.

Ele gargalhou, como gostava de fazer sempre que eu estava me envolvendo em encrencas.

— Pietro Caster Fiester Goestela Vandick, sexto conde de Goestela. Perdeu os pais e os dois irmãos em um acidente suspeito e silencioso na infância. Herdou uma fortuna, que destruiu ao longo dos anos com sua vida boêmia e libertina. Hoje acumula dívidas e credores em sua sola do sapato, que se somássemos, chegaríamos até outros continentes. Se está vivo é por sua infinita bondade à vossa graça. O duque de Misternham que vive lhe emprestando dinheiro e remendando seus machucados. E sua lábia não tem fim. Coleciona amantes, disputa duelos como passatempo e, neste momento — apontou para mesa onde Pietro colocava a mão na testa como eu previa —, acabou de perder uma fortuna na mesa de jogos, acrescentando mais uma quota em suas dívidas, que já são imensas, neste clube.

Sorri imensamente. Ele era tudo de que eu precisava. Sem família, sem passado, sem dinheiro, ardiloso, sem coração, sem escrúpulos, de boa aparência e precisando ser comprado.

— Mande-o subir ao meu escritório. Esta noite, vamos acertar suas dívidas.

Dom Carlo me olhou incrédulo, mas não ousou discutir. Ninguém ousava! Eu já tinha feito a minha escolha. Estava indo fechar meu contrato, fazer minha negociação. A minha vida era sempre um negócio em busca de uma grande justiça. Não tinha espaço para sentimentos no meu mundo.

Caminhei lentamente, subindo as escadas, olhando para trás. Eu via aquele clube que me dava o poder de tudo, aqueles homens que achavam que tinham tanto que, no final da noite, deixavam tudo em minhas mãos: suas riquezas, suas posses, suas terras, seus segredos; e eu os guardava para o dia da minha vingança. Faltava descobrir tudo sobre Susan, tudo sobre minha mãe e, aí sim, eu começaria a detonar todas as bombas como em uma guerra.

No momento, eu precisava me concentrar em meu futuro marido, pensei sorrindo. Pobre homem! Ele não imaginava a guerra em que estava entrando e não sabia que não teria chance. Eu o tinha escolhido e, quando Nataly escolhia, você estava marcado com fogo!

Capítulo 2

"Uma carta será descartada do baralho se eu assim permitir. Minha mãe dizia que eu poderia ser dona do meu futuro e que nenhum homem teria o poder sobre mim como aconteceu com ela. Então eu distribuo na mesa as cartas e depois escolho a que estará em meu poder. Ninguém pode me dar as costas."

(Diário secreto de Nataly, Londres, 1803.)

NATALY

Peguei os documentos e os coloquei em cima da mesa. Abri o grande livro com as anotações de lorde Vandick e sorri. Eu adoraria ter tempo para me debruçar naquela desfaçatez que há anos o fazia deixar parte de sua fortuna em meu clube, mas, no momento, eu não me via com tanta disponibilidade e precisa focar em acertar os detalhes do acordo do casamento. Mais tarde, reviraria sua vida e saberia com toda certeza tudo que seu passado já tinha deixado de rastros.

Alguém bateu na porta.

— Entre — autorizei.

Dom Carlo apareceu, assentindo com certa preocupação e deu passagem para Vandick, que curioso me encarou.

Fiz sinal para que Dom Carlo nos deixasse a sós. Quando a porta foi fechada, seus olhos continuaram me observando. Sem nenhum pudor, percorriam meu corpo, observando cada pedaço, me desnudando com o olhar. No meu mundo, estava acostumada com esse tipo de vislumbre, no entanto, a forma como ele fazia me incomodou pela resposta que meu corpo apresentou. Ele me desejava ardentemente e isso ficava nítido, como se o ar ficasse quente e os meus pelos se eriçaram. De repente, senti calor.

Ele era perigoso, pensei. *Eu também era!*, garanti a mim mesma.

— Boa noite, conde — cumprimentei-o com um sorriso.

— Lady... — Ele fez uma reverência com uma classe encantadora, como se ali, naquele momento, eu realmente fosse uma dama de respeito. — A que devo o convite? — perguntou, dessa vez já com malícia na voz.

— Sente-se, por favor. Precisamos falar de negócios — pedi, apontando para uma das poltronas de marfim que ocupavam o pequeno escritório. No novo espaço de negócios, não tinha economizado, mas esse parecia sufocante.

Um sorriso de deboche se formou em seu rosto.

— O único lugar que falo de negócios com damas é na cama e não estou vendo nenhuma neste cômodo.

Sem perder a compostura ou me irritar, sorri em retribuição à brincadeira de mau gosto. Estava acostumada com esse tipo de comportamento. Não que precisasse lidar sempre com isso, claro, era sempre Dom Carlo que ficava à frente das negociações, mas sabia que para nós, as mulheres, só a cama era aceita e com pouca dignidade.

— Creio que não tenha tido muita sorte nos jogos esta noite — comentei, me desviando por de trás da mesa e ficando mais próximo dele, encarando seus olhos verde-escuros.

— Como dizem, azar no jogo e sorte no amor. Esta noite, estou propenso para outras coisas.

— Pode até estar propenso, mas as damas desta casa não fazem obra de caridade e você não tem nenhuma moeda ou terras que sejam para deixar na casa. — Peguei os papéis em cima da mesa e encostei em seu peito.

Dessa vez, o sorriso tinha desaparecido do seu rosto e uma expressão de desdém se apoderava dele.

— Considerava este clube em alto nível. Não imaginava que deixavam a administração nas mãos de uma mulher que não sabe o que diz. Devo me retirar.

Ele já me dava as costas quando o interrompi.

— Este clube é meu, senhor Vandick e se quiser ter metade das suas dívidas quitadas, metade dos seus bens de volta e uma grande parcela de credores livres dos seus encalços, sugiro que escute o que tenho a lhe dizer, já que me parece que a maioria das suas dívidas foi contraída ao longo dos anos no meu clube.

Ele parou, olhando pasmo em meus olhos. Sim, existiam muitos boatos, fantasias de que uma mulher estava por trás das cortinas, mas quem acreditaria de verdade em tal absurdo? Muitos acreditavam que tal especulação era uma forma de manter os clientes sempre em busca de aventuras por ali. Outros acreditavam que era uma maneira de manter a fama de Afrodite, a mais famosa das prostitutas, a mais procurada, a lenda do lugar, a inatingível... eu!

— Acho que agora vamos falar de negócios — completei sorrindo.

Ele continuava sem palavras e acreditei que Pietro não deveria ser um homem que facilmente ficava sem palavras. Conforme minhas suspeitas, rapidamente ele se recompôs e se sentou onde ofereci anteriormente, cruzando as pernas de maneira despojada.

— Se tem uma boa proposta, um vestido não vai me impedir de escutá-la. Um ótimo decote será até bem-vindo.

— Muito bem. — Dei a volta por trás da mesa novamente e joguei as folhas que mantinha em minhas mãos, fazendo com que todas se espalhassem de maneira desordenada por cima da madeira, que não mantinha muitas coisas. Eu gostava que tudo ficasse guardado. Na verdade, escondido. Nada ficava exposto naquele lugar, a não ser que eu ordenasse.

Debrucei por sobre a mesa, ficando mais próxima dos seus olhos e, sim, ele teria uma bela visão dos meus seios. Se isso fosse necessário para que ele fosse vencido aquela noite, eu não me importaria.

— Tem dívidas incalculáveis, conde. Eu sou uma *femme* que preciso só de um nome para proteção. Nada mais. Nesta noite, te proponho todo dinheiro que precisa em troca de seu nome e faremos um bom *affaire*.

Ele enrugou a testa, sem compreender.

— Um bom negócio — corrigi-me. Por mais que tentasse evitar, as palavras francesas, que ainda me perseguiam do passado, eram um péssimo hábito.

— Não compreendo sua proposta e creio que, mesmo compreendendo, não estou interessado em fazer negociações, como lhe disse desde o início, que não envolvam você nua.

Ele arqueou uma sobrancelha, arrogante. E isso o deixava incrivelmente bonito.

— Preciso de um homem para se casar comigo e estar à frente do meu novo clube, que vai inaugurar em breve, como deve saber. Dom Carlo, que sempre fez isso, está cansado e não quer mais assumir esta responsabilidade. Não tem que fazer muita coisa. Eu geralmente cuido da maior parte dos negócios, das burocracias... você fica na frente, faz as aparências e pode continuar com minhas cortesãs, sem pagar por isso.

Era um plano maravilhoso. Era esplendoroso, na verdade, como tudo que eu tocava. Eu sempre traçava planos perfeitos e por isso que minha

O DIA EM QUE TE TOQUEI

13

vida mantinha uma ordem perfeita e o sucesso que eu esperava.

— Em troca, você terá suas dívidas perdoadas, ajudarei a quitar todas as outras que possui fora daqui e a recuperar o que perdeu. Tenho dinheiro e poder para isso. Será na verdade uma troca bem injusta, lorde. Terá que fazer muito pouco por mim.

Agora ele não só mantinha as sobrancelhas arqueadas, mas fazia uma careta para mim, e esta se transformou em uma gargalhada. Ele estava debochando de mim. Senti a fúria crescer dentro do meu peito. Era um sentimento que não gostava de compartilhar, porque quando a colocava para fora, as pessoas geralmente se machucavam. Respirei fundo e me contive. Daria algum tempo a ele. Era algo sério. Casamento não era uma decisão para se tomar sem pensar por alguns instantes.

— Você é maluca. Ou isto aqui é uma encenação de teatro, como aquelas que têm nas noites de sexta, e você quer me levar para cama? Se for isso, não são necessárias muitas coisas para que eu abra minhas calças — falou, ainda tentando controlar o riso.

O meu sorriso já tinha desaparecido há algum tempo.

Contornei a mesa novamente, dessa vez, chegando bem perto do seu corpo e me debruçando sobre o seu rosto, podendo sentir sua respiração, que ficou mais rápida com a minha aproximação. O seu sorriso desapareceu no mesmo instante e o desejo que eu despertava nos homens, tão conhecido por mim, surgiu em seus olhos.

— Você pode até desejar que eu me deite com você e isso pode passar por sua mente centenas de vezes, *mon coeur*. Eu serei sua esposa e a única mulher que não poderá tocar, porque não deixo que fracassados como você me toquem.

Senti que tinha cometido um erro terrível. Ao invés de usar da minha sedução para convencê-lo, tudo que enxergava nos seus olhos agora era ódio. Afastei-me, dando-lhe as costas, tentando me acalmar. Algo nele me fazia perder a compostura. Isso tinha começado muito mal. Quando o encarei de volta, sabia a sua resposta final e que os meios para tê-lo seriam muito mais difíceis, porque eu sempre conseguia o que queria, por bem ou por mal!

— Eu não cogito me casar. Se quisesse, já o teria feito com damas de verdade, que tem verdadeiras fortunas para me oferecer. Imagine só — falou se levantando — se me casaria com uma meretriz!

Ele abriu um sorriso que me colocou embaixo de sua sola do sapato como toda aquela sociedade, como aquele mundo que condenou a minha mãe. Como toda aquela Londres, que pagaria por tudo!

Assenti, retribuindo o sorriso com ódio.

Vandick saiu, batendo a porta com força e pouca classe, mostrando que quem ali ficara não tinha seu respeito. Continuei sorrindo. Era isso que eu fazia. Minha mente continuou arquitetando os planos para destruir o pouco que restava daquele homem. Em um ou dois dias, ele voltaria pela mesma porta me pedindo em casamento.

Eu era o fogo que ele tinha acabado de encostar.

Paula Toyneti Benalia

Capítulo 3

"Sempre deixei o amor para bebidas e jogos. Para as mulheres, reservei respeito, prudência e alguma sorte. Creio que os conceitos ficaram invertidos, mas desde quando meu caminhar foi certo?"

(Pietro, Londres, 1802.)

Completamente transtornado e incapaz de acreditar no acabara de acontecer, saí do clube bufando.

Que mulher insolente!

Louca!

Atrevida!

E incrivelmente linda. Era hipnotizante a sua beleza e, até o momento, eu não sabia se não tinha me recuperado de sua proposta sem fundamento, ou de ver aquele rosto, que não saía, nem por um instante, da minha mente.

Entrei na carruagem, sem saber muito bem que rumo tomar. *Logo eu, o homem que nunca perde o rumo!*, pensei, sorrindo com sarcasmo, e, finalmente, respirei fundo. Uma mulher não tinha poder sobre mim. Eu só estava horrorizado. Só isso. Bati no coche e pedi que ele me levasse a outro clube. Era quase ao lado daquele. Dava para ir a pé, poucos passos. Não era tão requintado, as mulheres não eram tão belas, mas eu só queria uma bebida forte naquela noite e esquecer tudo. Só precisava disso.

Quando os cavalos pararam, não desci de imediato. Encostei a cabeça por alguns segundos e fiquei ali, pensativo, com raiva daqueles cabelos cor de fogo que me fizeram refletir no rumo da minha vida. Eu estava ferrado! As coisas se apertando, o dinheiro tinha acabado há muito tempo, os credores em meu encalço o tempo todo, as propriedades estavam perdidas nessas mesas de jogos, muitas coisas naquele clube que eu tanto gostava e que me custava acreditar que ela comandava. George, meu melhor amigo, sempre me ajudava, mas até quando sua bondade e seu dinheiro estariam ali? Na última vez, tinha sido uma quantidade generosa para que eu fugisse, pois as ameaças por ficar e não pagar as dívidas estavam ficando cada vez piores, mas abandonar o que eu tinha em Londres me pareceu tão insuportável...

Eu já tinha tão pouco e esse pouco se resumia em minha única família, que era George, e a minha casa em Londres, que era o que restava das poucas lembranças, e o que sobrou dos meus pais e meus irmãos. Então ficaria e enfrentaria as consequências. Já tinha rodado o mundo e não pretendia fazer isso de novo. Não tinha encontrado nada em lugar algum. A sensação de procurar por alguma coisa que você nem sabia o que era e voltar para o vazio era como entrar em um túnel escuro e nunca encontrar a luz. O medo era seu pior inimigo. Não pretendia sair de Londres. Nunca mais!

O casamento era outra opção que eu não cogitava. Sim, ele resolveria todos os meus problemas e, quando falei para aquela mulher que tinha damas que dariam verdadeiros dotes a troco do meu título, eu não estava mentindo. As propostas não faltavam. George, inclusive há pouco tempo, arranjara um casamento que parecia o certo. Não... não me apegaria a alguém. *Eu tinha as mulheres que queria, várias em minha cama, em camas alheias, nos clubes, mais de uma, duas, até três ao mesmo tempo*, pensei, sorrindo.

Sim, chega de melancolia! Eu daria um jeito naquela situação. Sempre dava. Talvez mais alguns empréstimos de George, um pouco de sorte no jogo na próxima vez e as coisas se encaminhariam.

Desci da carruagem e passei a mão pela roupa um pouco amarrotada pelas mulheres que já haviam sentado no meu colo naquela noite. Quando me apresentei na porta do clube, o cavaleiro me olhou com estranheza e pediu que aguardasse um minuto.

— Lordes não esperam — falei com desdém.

Não era meu comportamento. Porém, já estava irritado o suficiente naquela noite.

Outro cavalheiro se aproximou.

— Sinto muito, meu lorde — falou com reverência e certo constrangimento. — O senhor não poderá entrar no clube a não ser que apresente antecipadamente o que poderá gastar esta noite.

Não era possível. Ninguém barrava um conde na porta de um clube.

As pessoas não sabiam da minha real situação financeira. Eu entraria no clube, ganharia alguma moeda em jogos, compraria minhas bebidas e, se fosse necessário, ficar devendo alguma coisa. Isso não seria problema para um conde. Não naquele clube que eu pouco frequentava e nunca ficara devendo. Algo estava errado. Era um desrespeito sem tamanho o que faziam.

— Eu não vou deixar nenhuma moeda na porta deste clube. Deixe-me passar — falei, dessa vez sem paciência, em tom de ameaça.

— São as ordens. Não vai entrar. — Foi a resposta rude e ameaçadora que recebi.

A minha vontade era de destruir o rosto de alguém naquele momento, me colocar em uma briga, mas não o faria. Envolver-me em um escândalo em um clube e por dinheiro não era a imagem que gostaria de deixar ali para as fofocas da manhã de Londres.

— Pela manhã, Londres vai saber que este clube não atende mais aos gostos dos mais refinados cavalheiros. Estão destruídos — falei, dando as costas àquele lugar.

Algo me dizia que aquela cortesã estava por trás disso. Balancei a cabeça em negação. Estava enlouquecendo. Ela não tinha poder para isso e não tivera tempo. Sem ânimo para terminar a noite, decidi entrar na carruagem e voltar para casa. Ela me pagaria por arruinar minha diversão.

Não me lembrava da última vez que tinha ficado tão irritado. Quando foi que as coisas começaram a dar errado? Tudo sempre acabava em diversão! Essa era a vida! Era assim que tinha que ser! Minha mente queria responder trilhando caminhos pelo passado. Bloqueei todos eles. Não tinha lugar para o passado no presente.

Quando o coche parou, lembrei-me de agradecer por ainda conseguir manter aquela carruagem e o meu lacaio que a conduzia, mesmo não sendo sua função. Antes de descer, olhei com desconfiança para a rua deserta àquela hora da noite. Sempre esperava encontrar credores, homens para duelar por suas mulheres, ou amantes inconformadas. *Me* manter alerta era uma forma de conseguir sobreviver a tudo aquilo. Quando nenhum perigo iminente se mostrou, desci, mas, para minha grande surpresa, encontrei dois homens com a feição nada amigável me esperando. Escondidos à espreita, abordaram-me assim que coloquei os pés no chão. Assenti em cumprimento. Deveria fugir, mas um Vandick nunca dava as costas, nem para o perigo.

— A que devo a honra dessa visita indesejada?

Um deles me estendeu um papel, mas não me deixou pegar.

— Esta casa não lhe pertence mais, lorde Vandick. Sua propriedade foi revogada pelo dono que mantém a escritura. Como pode ver neste papel em minhas mãos, é legítima a posse desta residência ao meu senhor. Creio que na noite em que apostou sua casa não estava em condições de lembrar.

Incrédulo, olhei para o papel. Não poderia ser. Eu fazia todo tipo de burrada, mas sempre mantive aquela casa como um tesouro que precisava esconder a sete chaves.

— Um momento — disse, passando por eles, sem dar oportunidade para que questionassem.

Corri até o meu escritório, abri uma gaveta e não encontrei nada. Os papéis que me davam posse da casa não estavam lá. Como pude? Por Deus, eu não tinha para onde ir! Sem nenhuma moeda ou qualquer outra propriedade que me restasse. A minha casa...

— Não tem permissão para permanecer na residência — disse um dos homens e só então percebi que me seguiu até o lado de dentro. — Somente amanhã com um acompanhante do meu senhor terá permissão para pegar os seus pertences pessoais.

Pensei por um instante em lutar com os dois. Olhei por mais alguns instantes, analisei seus tamanhos... não. Não daria! Derrotado, dessa vez dei as costas carregando o pouco de orgulho que me restava para aquela noite e a roupa do corpo. Nada mais.

A última solução seria George, meu velho e bom amigo duque de Misternham. Certamente ele teria uma casa para me emprestar em Londres, até que tudo se resolvesse. *Como se resolveria?*, comecei a pensar. Eu não sabia trabalhar, era um conde! Dinheiro não caía do céu e me casar ainda não era uma possibilidade.

Entrei de volta na carruagem e pedi para meu lacaio se manter por perto. Eu dormiria ali naquela noite. Pela manhã, iria atrás de George. Tudo se resolveria. *Eu sabia jogar*, pensei, antes me deitar e adormecer no chão frio e duro da única coisa que me restava, a carruagem.

Quando os primeiros raios de sol se ergueram, eu já estava acordado. Mesmo acostumado a dormir até altas horas, o lugar não era confortável. Meu corpo doía em toda parte. Não tinha nem onde me lavar, arrumar os cabelos e ir com uma aparência um pouco menos degradante encontrar o duque.

Pedi que o lacaio me levasse até ele e, quando parei em frente à mansão, senti vergonha de mim por estar ali mais uma vez pedindo ajuda de George. A frequência com que fazia isso nos últimos anos me atestava como fracassado, que eu já era há tempos, mas custava a aceitar. Quando pediram que esperasse por ele em seu escritório, parei para pensar como sua vida tinha mudado no último ano. Agora seria pai, sempre tão apaixonado pela mulher... Aquilo me parecia tão ridículo, fora de tudo que acreditávamos, dos nossos planos, dos sonhos que tanto falávamos em nossas últimas viagens. No entanto, eu me sentia tão grato por isso! George não era mais o homem cheio de amarguras que sempre foi. Ele brilhava de felicidade. E se ele estava feliz, isso era o que importava, mesmo sem entender como era possível.

— Estava esperando você aparecer — ele entrou dizendo.

Abri o sorriso de sempre, que não teve retribuição da sua parte. Parecia irritado.

— Vejo que não vim em boa hora — comentei. — Mas devo ficar mesmo assim, já que sua opinião pouco importa, principalmente agora que é regido por uma mulher — brinquei, gargalhando. Adorava provocá-lo. Se quisesse vê-lo zangado, era só falar de sua mulher.

— Não estou para suas brincadeiras, Vandick! Quero você fora da minha casa, pelo menos por hoje. Achei que você tinha limites.

Meu sorriso se foi e enruguei a testa sem compreender.

— Ah, creio que não saiba que tomei conhecimento do que fez em sua última noite de libertinagem. Preciso explicar? — perguntou meneando a cabeça.

Por Deus! Será que ele sabia da proposta de casamento que recusei? Ele seria a última pessoa que gostaria de me ver casado com uma cortesã. Apesar dos escândalos de sua mulher, nada se comparava ao que me esperava se aceitasse aquele acordo.

— Queria que eu me casasse com aquela mulher? Por Deus, George! Perdeu o juízo?

— A partir de hoje, nunca mais te darei conselhos sobre casamento. Deve fazer o que bem entender com sua vida, como vem fazendo, mas não vai me envolver em suas sujeiras, muito menos as coisas da minha família.

Ele andou até sua escrivaninha e pegou um papel que estava jogado por cima de sua impecável arrumação, me estendendo para que eu pudesse olhar.

— O que é isto? Não entendo? — perguntei sem olhar. — Pode me dizer o que fiz para se irritar de tal forma?

— Sempre que você precisou, eu estive do seu lado, e não pense que estou reclamado. Você sempre foi um bom amigo, meu único amigo, Pietro, e fiz isso porque sempre imaginei que você tomaria os prumos de sua vida. Agora, usar de uma declaração falsa e apostar uma propriedade minha em uma mesa de jogo? Aonde isso vai parar?

Abri e fechei a boca, chocado, incapaz de dizer qualquer coisa. Eu não compreendia...

Então tudo fez sentido! Era ela, só podia ser ela. Aquela mulher era um

O DIA EM QUE TE TOQUEI

21

demônio, não tinha outra palavra. Eu dormi como um conde de respeito — mesmo tendo poucas posses, as pessoas não sabiam disso —, acordei sem teto, impossibilitado de entrar nos clubes de Londres e agora sendo considerado como traidor pela única pessoa que sempre me estendeu a mão.

— Você não pode acreditar que eu fiz isso, não é? Você me conhece, George, e sabe que sou incapaz de trair ou fazer mal a uma formiga. — Olhei em seus olhos, esperando encontrar compreensão ali, mas tudo que vi foi decepção.

— Nunca deixarei de ser seu amigo, Vandick. O que temos vai além disto. — Chacoalhou os papéis que devolvi a ele. — No entanto, a partir de hoje, nunca mais terá minha ajuda para questões financeiras.

Assenti sem dizer nada. Não havia mais o que ser dito. Ele tinha sua versão da história e não poderia culpá-lo. Sempre dei motivos para dizer ao mundo o quão inconsequente era. Pagaria o preço por isso. Só que o responsável pagaria com lágrimas de sangue. Eu estava odiando aquela mulher, estava enojado de suas atitudes tão baixas.

Dei as costas, saindo.

— Se quer saber, Helena acabou de entrar em trabalho de parto — falou.

Olhei novamente para ele, querendo abraçar meu amigo por aquele momento tão importante para ele. Queria perguntar se ele se sentia bem e se precisava de companhia para passar por aquelas horas agonizantes de espera, só que eu não era a pessoa que ele gostaria nesse momento. Não mais! Hoje eu era alguém que o magoou e nada mais.

— Será um filho abençoado — falei com um sorriso triste. — Só por ter você como pai será muito afortunado.

Dei as costas mais uma vez, partindo para, enfim, tomar o caminho daquilo que tanto temi e me escondi por anos. Eu precisava de um casamento arranjado, precisava de dinheiro e um teto para morar. Só que não seria com Nataly, isso era uma promessa... Até me deparar com o jornal daquela manhã, jogado no sofá de George, onde explicitamente se comentava sobre minha ruína. Nenhum pai com títulos ou propriedades daria um dote para sua filha se casar com um conde em decadência.

Senti minhas mãos tremerem. Ela tinha chegado longe demais.

Aquela mulher queria um marido? Pois bem, ela o teria e eu só descansaria quando seu belo rosto estivesse coberto por lágrimas, nem que eu chegasse até o inferno para isso. Ela pagaria caro por esse contrato. Ela pagaria com sua própria alma!

Capítulo 4

"Pela manhã, fiquei observando uma placa ser erguida no clube com os dizeres 'Spret House: Deusas de Londres'. Observei também os curiosos que a encaravam na luz do dia, homens e mulheres... até casais! Pensei com tristeza que, quando o sol se escondesse, muitas delas pensariam sobre tais deusas, enquanto seus maridos em nada pensavam com as deusas nos braços."

(Diário secreto de Nataly, Londres, 1803.)

NATALY

A manhã começou agitada na nova sede do clube. A mudança já estava quase completa e, mesmo em meio à bagunça, já estávamos morando no lugar que tanto sonhei construir. Costumava sempre acordar tarde quando o sol já se colocava alto no céu. Mas Dom Carlo me apressou em levantar para dizer que estava de partida às pressas, indo cuidar de sua mãe que beirava o leito de morte.

Não o poderia impedir, afinal, sua partida já estava programada. O problema é que o adiantamento fez com que as coisas se complicassem pelo fato de não ter um marido à minha disposição para acertar as negociações do Clube.

Já estava quase tudo pronto para a inauguração que seria em poucos dias e eu não poderia ficar sem um rosto perante Londres. O posto sempre fora Dom Carlo e agora eu esperava por Vandick. Estava certa de que logo ele bateria em minha porta, furioso. Usei de todos os meios para destruí-lo desde a noite anterior, deixando-o sem outra opção que não fosse se casar comigo. Era o melhor a se fazer, ele compreenderia, pobre coeur!

As meninas também estavam alvoroçadas com a mudança. Sempre vivemos naquele lugar apertado que servia de fachada como se fosse o prostíbulo que eu comandava, quando, na verdade, era algo muito maior. Pretendia fechar aquelas portas e dizer que todas fomos contratadas pela Spret House. Queria concentrar tudo em um único lugar. Seria mais fácil de manter as rédeas.

Sentada no escritório, olhando todos os papéis que estavam na minha frente, dei um salto da cadeira quando alguém entrou feito um furacão. Dominic veio atrás, tentando conter o visitante.

— Desculpe, senhorita. Não pude contê-lo.

Como imaginava, Pietro entrou pisando firme, batendo a porta na cara de Dominic, deixando claro que naquela conversa não havia espaço para três pessoas. Abri um sorriso radiante em resposta ao seu olhar mortal. Primeiro, porque realmente estava feliz por sua visita já sabendo do teor do que o trazia ali. Depois, para provocá-lo.

— Devo dizer bom dia, mas creio que não para o senhor — falei zombando.

— Se eu pudesse dizer todas as palavras que tenho em mente neste instante, creio que seria castigado por Deus. É uma dama, não deve ouvi--las, afinal. Você é uma infeliz.

Joguei a cabeça para trás e tudo que pude fazer foi gargalhar. Por Deus! Ele me poupava de palavrões por me considerar uma dama? Eu, que já conhecia todo o vocabulário sujo que se poderia imaginar! Eu era dona de uma casa de jogos e prostituição!

— Não quer se casar comigo por ser uma cortesã e agora poupa meus ouvidos, conde? Você é um tanto peculiar, eu diria — comentei, colocando a mão no queixo e analisando-o atentamente.

— Ser cortesã não a torna menos dama, ou tira suas características de mulher. E, talvez, tenha me expressado mal quando não aceitei seu pedido, ofendendo-lhe por ser cortesã. Meus motivos perpassam essas ninharias e a compreensão não vem ao caso.

Suas palavras me atingiram de tal forma que precisei respirar para manter o sorriso falso que era meu de costume. Ele era um verdadeiro lorde como eu não via em Londres há tempos e a forma como deixava claro isso em suas palavras me fez, por um segundo, pensar que aquele lugar não era tão imundo como eu o produzia, mas sim, ele o era. E eu estava ali para destruí-lo. Esse era o intuito!

— A diferença de uma dama de respeito e de uma cortesã que admiro não está em sua forma de viver a vida. Está no caráter — ele falou me encarando com ódio. — E vejo que o seu é mais sujo que o chão de toda a Londres.

— Veio aqui só para me insultar? Porque, se o foi, vou me sentar e abrir uma bebida — falei com desdém.

Revirando os olhos, ele suspirou, irritado. Imaginei que, naquele momento, sua vontade beirava a de me matar.

— Por que eu?

Sua pergunta me pegou desprevenida. Nunca fui de dar satisfações a ninguém das minhas escolhas.

— Não lhe convém — respondi lhe dando as costas.

— Se não me disser, não terá um marido — falou com convicção.

Voltei a encará-lo. Dessa vez, sorria de novo, provocando-o. Eu não sei o que acontecia comigo naquele instante, mas provocá-lo era algo que me instigava, era prazeroso vê-lo soltando fogo pelas orelhas.

— Não lhe dei poder de escolha — afirmei. — Eu nunca dou, *coeur*.

A primeira vez que olhei uma roda de homens jogando cartas era apenas uma menina. De longe, observei como eles as colocavam na mesa e como aquilo lhes dava poder uns sobre os outros quando tinham aquela de maior valor. Suas posturas mudavam. De longe, eu sabia distinguir quem ganharia o jogo. Prometi a mim que um dia seria dona do jogo e de todas as cartas de maior valor e que não daria chance alguma aos adversários.

— Deixe-me te explicar três regras básicas deste jogo, *coeur*, antes que você entre nele. — Ergui três dedos em sua direção. — Nunca pergunte o porquê, como ou quando. Ficaremos bem se respeitar esses três princípios.

Ele se afastou, passando a mão pela barba por fazer, balançou a cabeça e, por fim, disse:

— Isso para você é jogo, um simples jogo de cartas como os que você assiste nas noites em que se diverte. Então faremos disso um jogo. Saiba que em um sempre se há adversários, situações onde pode blefar, oponentes que podem te roubar e, principalmente, *em um jogo*, sempre há um derrotado.

Se sua intenção era me ferir, pobre homem, ele não imaginava como a vida já tinha feito isso. Eu tinha espinhos que se cravavam no meu coração, não existiam flechas que pudessem me ferir. Nada poderia me tocar. Eu era Nataly. Ele não me conhecia!

— Que pena para você, pobre *mon coeur*. Eu nunca perco um jogo. — Foi a minha mais sincera resposta.

Reparei que sua mandíbula tremia em uma tentativa de controlar sua ira.

— Veremos — rebateu.

O DIA EM QUE TE TOQUEI

25

— Quer apostar? — perguntei, brincando com fogo.

— Não aposto com pessoas sem índole, sem caráter algum. Mas escute bem a promessa que faço a você hoje, antes de entrar nesse casamento.

Ele se aproximou do meu corpo e colocou o seu junto ao meu de forma indecente que só duas pessoas íntimas fariam. Senti que meu corpo ali não era mais meu e desejei, por um minuto, que ele me tocasse com as mãos que se ergueram para me esganar. Seu cheiro era perfeito como não sentia há muito tempo de um cavalheiro. O cheiro de sua colônia, mesmo que quase extinto, lembrava as que conheci em Paris e aquilo me fez lembrar do passado ainda mais, porque tinha cheiro de saudade. Coloquei minha mão em seu peito numa tentativa de afastá-lo, mas o contato só fez com que um arrepio tomasse conta de todo o meu corpo. Sim, por um instante, eu não era mais dona de todo meu ser. Ele tinha completo comando sobre meu corpo e eu suspeitava que se tentasse me beijar, eu o deixaria.

Eu não era inocente e, naquele minuto, parecia uma virgem prestes a receber o primeiro beijo. Enlouquecida, tentei empurrá-lo ainda mais.

— Saia!

— Vai me escutar — ele sussurrou, abaixando-se bem próximo ao meu ouvido, me fazendo enlouquecer. — Para que entenda qual será o seu pagamento nesse casamento, porque, sim, você pode me comprar, jogar um jogo e achar que não terá um preço, mas entenda, *chérie* — falou, usando a palavra que tanto saía da minha boca de uma forma tão provocativa que tive vontade de esbofeteá-lo, ou talvez arrancar suas roupas —, que o seu preço será muito mais caro do que todas as dívidas que pagou a mim.

— E qual será, poderoso conde? — perguntei com desdém, tentando manter um controle que já não tinha.

— Quando eu te tocar, e vou te tocar, você não saberá se será desejo, amor, ou punição. Eu quero entrar no seu jogo, Nataly, quero olhar nos seus olhos e fazer isso com tanta perfeição que vou ver as lágrimas caindo deles. Essas lágrimas serão o seu pagamento. Você pode ter todo o dinheiro, o poder e a ganância que imagina ter nas mãos, mas vou derrubar cada coisa que você construir e entrar onde dói mais. Vou fazer sangrar todas as suas feridas, porque você está me fazendo entrar em um jogo que eu não estava disposto a jogar e que agora não estou disposto a perder.

CAPÍTULO 5

Casamento é uma instituição onde se vive por dois. Você ama, respira e seu coração até bate pelo outro. Quando algo falha em um, o outro está lá para socorrer. Como eu me casaria um dia se o meu coração morreu no passado e foi enterrado com meu amor e minhas aspirações?

(Pietro, Londres, 1800.)

PIETRO

Antes de me afastar, deixei um beijo em seu pescoço. Era para ser provocativo, era para destruir todo o poder que ela mantinha com aquele nariz para cima, mas, principalmente, era para sentir sua pele em meus lábios. Eu não resisti ao seu perfume. Ela cheirava a pecado e eu preciso provar. Como se mexesse com fogo, aquilo me atingiu como uma brasa, enviando um aviso de que devia me afastar. No entanto, foi ela que o fez primeiro, com um sorriso nos lábios e batendo palmas.

— Que belo discurso, meu conde. Estou encantada, principalmente, em saber que você vai estar à frente dos meus negócios. Preciso de alguém que convença e você me parece excelente nesta arte. Seremos um casal sem igual nos negócios.

Ela olhou por cima dos meus ombros em direção à porta. Então suspirou, visivelmente animada com sua nova aquisição.

— Vamos anunciar o casamento, *mon coeur*. Ninguém se importa com quem eu me case, mas o seu será notório e eu preciso de um casamento assim. Amanhã, os jornais de Londres colocarão uma pequena nota, só para instigar os rumores. Ninguém saberá quem é a dama e na hora certa você me apresentará. E mais tarde estaremos casados. Eu mesma vou escrever a nota que será publicada.

— Imagino que detenha parte dos jornais de Londres? — perguntei, zombando. Era muita prepotência para uma mulher. Nunca tinha conhecido alguém como ela.

— Não, *petit*. Apenas velhos conhecidos.

— E se eu não quiser que nosso casamento seja notório?

Ela ergueu as sobrancelhas expressivamente.

— Você não dita os termos, *mon coeur*.

— Creio que também não seja seu coração — falei irritado, traduzindo a expressão em francês que ela tanto insistia em dizer. — Pode, no mínimo, me tratar com respeito.

— Como quiser, meu lorde — falou com desdém. Um desdém que era irritante, porque era particularmente carregado de algo a mais. Talvez soberba, raiva... aquela mulher era o diabo em pessoa.

Compreendi olhando-a naquele instante que talvez algo de bom poderia sair daquele acordo. Meu maior medo de casar-me sempre foi o receio de me apegar a essa pessoa, de amá-la, de precisar constantemente de sua presença e, como tudo em minha vida, ela sumir em um piscar de olhos. Mas ali esse perigo não existiria! Eu odiava Nataly, nunca sentiria mais do que ódio por ela. Por fim, aquele casamento me pareceu um bom negócio.

— Quer me dizer o que fazer agora? Estou à sua disposição — falei, sedento. Imaginando que, depois de casados, eu viveria minha vida sem me importar com o que ela diria, ou precisasse.

— Pode instalar suas coisas em seu aposento que reservei e depois me encontre aqui no escritório novamente. Vou providenciar o que precisa fazer para mim ainda hoje.

Assenti e ela saiu, fazendo sinal para que eu a acompanhasse, guiando-me pelos luxuosos corredores adornados por veludo de cores extravagantes que levavam até o corredor dos quartos. Impressionei-me com a quantidade deles. As portas entalhadas em madeira escura sumiam de vista. Cada uma delas tinha mulheres esculpidas em seus contornos, muitas seminuas. Quando o corredor quase estava por terminar, ela apontou para os dois últimos quartos.

— Ficarei no último. O seu é ao lado. Nossos quartos mantêm uma porta de comunicação à qual não pretendemos usar. — Ela piscou o olho, sorrindo.

— Espero ansiosamente que não — completei, me desfazendo dos seus possíveis convites.

— Se pretende manter relacionamentos, peço que o faça com as dezenas de *les femmes* que aqui habitam. Não precisamos de boatos para fora desses muros.

Dessa vez fui eu quem gargalhei. Era muito atrevida!

— Não vai me dizer com quem devo me deitar. Está louca!

— Veremos. Disse que existiriam regras. Regras devem ser cumpridas. Tenho para todos os seus gostos. Do que gosta, *ma petit*? Loiras, morenas, ou uma ruiva talvez? — perguntou fazendo menção a si mesma.

Seus cabelos cor de fogo, não poderia negar, impressionavam. Eram longos e ondulados e seus olhos verdes deixavam aquela mulher parecendo uma deusa, como já se intitulava o clube.

Lembrei-me de George que tanto falava da sua deusa Hemera, a sua mulher, que ele venerava. Como era tolo, mas pudera. Helena era tão diferente...

— Eu amo todos os tipos de mulheres... Só nunca conheci as ruivas. Não sei dizer se fazem meu gosto, como são despidas... Mas creio que, se aprenderem a usar a boca para não falar, como você, me agradarão com toda certeza.

Encarando-me fixamente, ela sorria com malícia, gostando do jogo que fazíamos. Passou ao meu lado para abrir a porta do quarto que seria meu e esbarrou em meu peito.

— Sabe por que as ruivas têm cabelos que lembram fogo? Porque sabemos incendiar um homem.

Tentei não sentir atração por sua fala e por aquilo que ela fazia, mas meu corpo estremeceu de desejo. Rapidamente me afastei e entrei no quarto, disfarçando aquilo que me tocava. Sempre tive muitas mulheres e ela não seria uma delas, a não ser quando fosse a hora da minha vingança, então eu a levaria para o quarto e depois pegaria seu coração em minhas mãos e o esmagaria.

— Quando quiser fogo, faço uma fogueira. — Bati a porta na sua cara, precisando respirar.

Olhei para o cômodo, que era mais luxuoso ainda. A enorme cama de madeira se perdia em meio às espalhafatosas almofadas, e os tapetes que eram infinitos. Apesar do exagero e das cores fortes daquele lugar, tudo era muito luxuoso.

Meus poucos pertences, que estavam na casa que me foi tirada, já se espalhavam pelo chão. Deitei-me na cama e fiquei olhando para o teto por um instante. Eu não era de lamentar pelas perdas. Não mais, só que algo estava me incomodando e não sabia dizer o que era.

Alguém bateu na porta. Bufei irritado. Levantei-me e a abri.

O DIA EM QUE TE TOQUEI

— Pode me deixar em paz um... — Parei quando percebi que não era Nataly. Era uma jovem que eu imaginava não ter mais que vinte anos. Apesar da beleza, pude perceber uma marca roxa no seu rosto próxima ao olho que ela tentava esconder com maquiagem e chamar a atenção para sua boca vermelha.

— Oh, querido, não se incomode. Não é sua noiva. — Sorriu de forma calorosa. — Estou aqui apenas para ajudá-lo com a arrumação das suas coisas e preparar seu banho.

Dei espaço para que ela entrasse.

— Não se incomode com a arrumação. Eu sou perfeitamente capaz de organizar minha bagunça. — Eu sempre fazia isso sozinho. Apesar do título e das regalias que o dinheiro sempre me ofereceu, eu achava desnecessário depender das pessoas até para calçar meus pés. — Prepare apenas o banho e será suficiente.

— Ah, como é um lorde de alma! Sempre soube que para minha doce e especial Nataly não poderia ser qualquer um.

Coloquei a mão sobre a boca para controlar o riso. Ela era tudo, menos doce e especial.

— Vou preparar o seu banho, bem-vindo à família.

Inesperadamente, ela me puxou em um abraço apertado.

— Nataly merece o melhor. Nunca a magoe ou ficará em maus lençóis.

Jesus! Aquela mulher fascinava as outras. Não entendi o motivo de tanto afeto. Balancei a cabeça, inconformado quando a jovem me soltou e foi preparar a minha banheira.

Coloquei todas as minhas coisas no seu devido lugar e, quando fui deixado sozinho, afundei-me na banheira de água quente que me revigorou. Troquei-me e fui de volta ao escritório de Nataly, onde ela me aguardava sentada com um copo de bebida na mão. Era cedo até para um homem beber e a visão daquela mulher com o copo nas mãos me instigou.

O que ela pensava? O que a levara até ali? O que levava uma mulher a vender seu corpo?

Tentei expulsar os pensamentos. Nada do que se passava com ela era do meu interesse.

— Sente-se, venha beber comigo — convidou-me, estendendo um copo.

Aceitei, porque realmente a bebida me ajudaria naquele momento.

— Pietro, creio que daqui para frente podemos ser mais amigáveis — começou me olhando sério dessa vez. — Isto aqui é a minha vida e este lugar é o meu mundo. Ele não pode ruir, nada pode dar errado e ninguém deve saber que eu estou por trás de tudo. Se não o faz por mim, lembre-se de que tem cerca de quinze mulheres aqui e que suas vidas dependem desse acordo.

— Se me tratar como deve, terá sempre um companheiro. Sei ser generoso e sei ser importuno — comentei.

— Muito bem — ela falou se inclinando. — Vamos começar com o que é urgente. Marquei um encontro com dois homens importantes de Londres para o fornecimento de bebidas e charutos. Eles devem chegar a qualquer instante. Preciso que negocie os melhores preços e os produtos da mais alta qualidade. Estarei ao seu lado como sua prostituta para auxiliar no que for preciso. Fique atento aos meus sinais. Quando passar a mão por seu braço é para fechar a negociação e, quando me sentar no seu colo, significa que não deve fazer a compra.

— Imagino que não vê o momento de sentar-se em meu colo. Sinto que, mesmo a contragosto, vai fazer questão de abortar as compras.

Não consegui controlar a vontade de provocá-la. Passei a mão por minha boca, sorrindo feito criança ao ver sua testa enrugada.

— Não brinque com meus negócios — repreendeu-me. — A maneira escolhida é uma forma de fazer o papel que represento ao seu lado ali no momento. Você terá duas mulheres. A Nataly, sua esposa, e a Afrodite, sua prostituta.

— Que difícil escolha. Poderíamos ir para uma terceira opção? — perguntei com desdém.

— Sim! A mulher que o assassinou — falou com o sorriso aberto.

Seus lábios estavam vermelhos em excesso e me imaginei tirando tudo aquilo com os meus e descobrindo a verdadeira cor da sua boca. Seria escura ou de um rosado que combinaria com sua pele clara?

Por Deus! Eu não me controlava. Esse sempre foi o meu defeito... mulheres.

— Quer escolher a de hoje? — perguntou.

— Prefiro, no momento, a cortesã — respondi com malícia.

— Muito bem! — falou se levantando. — Já que não lhe dei o poder de escolha, vamos aos negócios.

Ela saiu me deixando sozinho por uns instantes e voltou acompanhada de dois homens que eu não conhecia. Reparei que tentavam se vestir com elegância, mas o corte dos casacos mostrava que era barato.

— Com licença, meu lorde, eles chegaram.

Levantei-me e cumprimentei-os.

— Estamos ansiosos por fazer negócio com o clube agora que está em suas mãos — um deles comentou.

— Sentem-se. — Levantei-me, deixando as duas poltronas livres e indo para trás da mesa, ocupando o lugar daquela mulher, que se aproximou e acariciou meu rosto com intimidade.

Seu toque fez minha pele se arrepiar. Era como mágica. Pensei que Nataly era muito boa no que fazia para conquistar os homens. Precisava ser mais esperto que ela.

— O que os senhores me trazem? — perguntei.

Um deles tirou dois charutos do bolso e um pequeno vidro que pela cor deveria ser rum.

— Experimente o nosso produto e lhe direi o valor — o outro ordenou.

Assenti pegando o rum. Abri o vidro e cheirei. De longe, percebi que era de péssima qualidade.

— Beba — um deles comentou.

— Não o farei. Esta bebida não serve para ser servida.

— Mas o valor é excelente. Por cinco vinténs te entrego garrafas grandes que poderá vender por muito mais.

Nataly se aproximou e acariciou meu braço, autorizando a compra. Não dei atenção. Ela estava louca de servir aquilo em seu novo bar. Os lordes que vinham ali procuravam por diversão, no entanto, não pagariam para voltar se as bebidas não lhes agradassem. Eu frequentava lugares como aquele. Sabia como era ser o cliente.

— Tente o charuto — o outro insistiu.

O primeiro que cheirei era péssimo. O segundo me pareceu de qualidade excepcional.

— *Me* interesso por este. — Ergui, mostrando o que gostei.

Um deles sorriu.

— Tens bom gosto e entende do assunto. Esse carregamento é o mais caro e puro que recebemos de Cuba. Podemos fornecer a oito moedas a caixa.

Nataly se aproximou e sentou-se em meu colo, colocando o braço em volta do meu pescoço. Precisei lembrar-me de voltar a respirar, porque aquilo foi como ela tinha prometido: ela espalhou fogo por todo o meu corpo. O seu perfume era maravilhoso, o seu toque era doce, gentil. Já tinha estado com muitas prostitutas e nunca alguém com tanta experiência fez meu corpo se aquecer daquela forma.

Lembrei-me de todos os boatos que corriam em Londres sobre uma mulher que era conhecida por enfeitiçar os homens. O clube sempre levava aquela lenda, dizendo que só um simples toque seu era capaz de levá-lo ao céu. Era ela...

— Mande dez caixas do produto. Vou ficar.

Senti que ela se retesou em meus braços e colocou pressão nas mãos que mantinha em volta do meu pescoço.

Não cedi!

— Estará aqui amanhã mesmo — um dos homens falou, estendendo a mão. — Feliz por fazermos negócio.

Senti quando ela beliscou meu pescoço por detrás do cabelo, mantendo o rosto complacente até os dois homens partirem. Imediatamente ela se levantou, me olhando com fúria.

— Eu disse que isso não era brincadeira para mostrar que é um lorde, um homem, ou sei lá o quê! Você enlouqueceu?

Calmante fiz sinal para que ela baixasse a voz.

— Eu não enlouqueci, apenas não vou ficar olhando este negócio afundar. Se quer um clube de luxo, compre bebidas descentes e charutos caros. Homens ricos não se importam com o preço, achei que entendesse de negócios.

— Eu entendo dos meus negócios e você acabou de destruí-los. Vamos levar uma semana para recuperar esse rombo que você fez no cofre. Eu precisava desse dinheiro para outras coisas e agora? Quem paga as contas? Você?

— Eu paguei todas as minhas contas com esse casamento. As suas não me importam — respondi.

Sem se controlar, ela pegou um dos copos que restava com bebida e jogou o líquido no meu rosto.

Eu poderia xingá-la, mas o meu desejo era provocá-la.

Lambi a bebida que escorria e falei:

— Este rum que me serviu não serve nem para se jogar no rosto de um lorde.

Pensei que ela desferiria um tapa em meu rosto dessa vez, mas seus olhos verdes me encararam cheios de vida.

— Que bom que assim como o rum você é um lorde sem valor algum, falso como ele, *mon coeur*.

Desejei xingá-la dessa vez como não seria digno a uma mulher, por ela se colocar naquela posição superior estando tão à margem da sociedade, mas tudo que fiz foi imaginar outra vez como seria beijar aqueles lábios com sabor de rum!

O DIA EM QUE TE TOQUEI

Paula Toyneti Benalia

CAPÍTULO 6

"A vida é muito sutil em alguns momentos. Se você entrar nesse jogo, pode dar todas as cartas e, no final, depois que se mostrou sem pudor, pode restar a derrota com um amargo sabor de culpa. É sempre melhor jogar vagarosamente, conhecer seus inimigos e as cartas escondidas na manga."

Diário secreto de Nataly, Londres, 1803.

NATALY

Quando o dia amanheceu, os jornais já noticiavam o casamento. Ninguém conhecia Nataly Belter. Nem eu a conhecia mais. Acho que nunca conheci, já que até o sobrenome que minha mãe me dera era falso e o verdadeiro escapava dos meus dedos ano a ano.

O sol já estava alto. Acostumada a acordar tarde, naquele dia, meu desânimo era maior. Não seria fácil controlar um homem como fazia com Dom Carlo. Como fui tola achando que seria!

Pietro era arredio e de gênio forte. A convivência não seria tranquila como planejei. Isso não significava que não iria funcionar. Eu era Nataly e planos perfeitos eram minha especialidade.

Sem outra opção, levantei-me. Tinha um clube a organizar que abriria no outro dia e um casamento para realizar.

Procurei entre meus vestidos o que fosse mais elegante. A ideia de parecer uma cortesã naquele momento me pareceu sem classe alguma. Eu queria ser uma dama por um instante, e queria que Pietro me visse daquela forma. Não sei o porquê! Talvez para ser condizente com um conde, estar à sua altura...

O DIA EM QUE TE TOQUEI

Eu colocava uma pose de superior naquele clube. Ninguém mandava em mim e, no fundo, quando saía daquelas portas, era só uma mulher sem valor, esquecida por um mundo injusto.

Emily entrou, tirando-me dos devaneios.

— Criança, quer ajuda para se vestir? — perguntou-me cheia de ternura.

— Venha cá, *ma petit*. — Puxei-a para um abraço.

Foi o suficiente para escutar seu soluço. Eu sabia de longe quando minhas *petits* não estavam bem. Estava comigo há anos e continuava ingênua como no dia que chegou. Apesar da malícia que a profissão exigia, ela tinha um coração puro e isso fazia com que, no momento, estivesse com o rosto esverdeado. Apanhara de um cliente por não ter aceitado as suas ofensas. Era romântica demais para ser chamada de vagabunda.

— Não chore, *ma chérie*. Fique afastada o quanto precisar, combinado? — Afastei-a, secando suas lágrimas. Ela assentiu com um sorriso tímido.

— Vamos organizar uma pequena festa para você quando voltar da igreja — ela contou piscando o olho.

Queria dizer que não era uma festividade. Seria só um bom negócio aquele casamento, mas ela parecia tão animada que deixei.

Troquei-me com sua ajuda, colocando um vestido de seda amarelo. Não tinha nada adequado. O decote era ousado, a cor forte... não importava. Era um negócio, não um casamento.

Diminui a quantidade de maquiagem e fui encontrar Pietro, que já estava em meu escritório. Quando abri a porta, eu o vi debruçado sobre o livro de finanças que deixei por cima da mesa.

— Trabalhando, *ma petit*? Acho maravilhoso, no entanto, paguei muito a um padre que aceitou nos casar e ele nos espera.

Ele arqueou as sobrancelhas e fechou o livro.

— Estou ansioso — mentiu. — Mandei um convite a um amigo, não sei se vai comparecer, mas espero que não se importe.

Imaginei que fosse o duque de Misternham. Pensei que ele não compareceria, já que Helena acabara de dar à luz. Gostaria muito de Helena ali. Ela era uma boa amiga e agora minha sócia. Não contei nada a Pietro. Falaria no momento certo. Acredito que ele não ficaria feliz com a notícia de envolver a mulher do melhor amigo em nossos negócios sujos.

— Vamos? — ele perguntou, estendendo-me o braço.

Como um casal, saímos de braços dados até a carruagem, onde Lídia e Margarete, duas de minhas meninas, já nos esperavam. Elas seriam as testemunhas que o padre me pediu.

A igreja era próxima e a viagem silenciosa não demorou.

Entramos no lugar que estava vazio, exceto pelo padre, que levou uma pequena fortuna para nos casar. Dinheiro movia Londres!

Quando o padre parecia pronto para começar, olhei um homem que entrava a passos lentos e, pelo sorriso de Vandick, reconheci o duque. Nossos olhos se cruzaram e senti quando ele me julgou da cabeça aos pés. Eu não era o que ele esperava para o amigo. Era só uma cortesã, afinal. Quando se aproximou, estendeu a mão para Pietro.

— Vim lhe oferecer a minha ajuda. Não precisa fazer isso. — Foi o seu comentário, sem olhar nos meus olhos.

Pietro negou com a cabeça.

— Está na hora, não é? Sempre teve razão. Preciso cuidar de mim sozinho. Vou fazer isso muito bem, não se preocupe.

Ele assentiu em concordância e então se voltou para mim. Seu rosto me parecia familiar e pensei que era por vê-lo frequentar o clube em tempos passados.

— Helena mandou os seus cumprimentos. Precisei obrigá-la a não vir.

— Vamos começar então — cortei o assunto.

A cerimônia sem graça durou poucos minutos e, quando o padre pediu para beijar a noiva, Pietro me olhou procurando por respostas. Mantive meu semblante sem qualquer expressão que denunciasse o que eu sentia. Esperava por sua reação, que chegou me surpreendendo, como tudo naquele homem perigoso. Seus dedos se encaixaram na minha nuca e ele se aproximou deixando um beijo no meu rosto, mas que deixava sua respiração ir além. Eu não era a única afetada naquele instante.

Mantive o controle, mesmo sabendo que aquele casamento nem de longe era o meu planejamento inicial. Ele me tocava e era como se um mundo, que eu carregava nas costas, fosse para os seus braços. Afastei-me rapidamente e ele sorriu. Era um sorriso cheio de malícia e conseguia ser carinhoso ao mesmo tempo. Era como mágica, porque aquilo levava paz para onde o inferno morava, no meu coração.

Senti vontade de sair correndo. Eu estava confusa e aquilo nunca fazia parte da minha vida. Lembrei-me daquela garota ingênua que fui um dia, que sonhava com o casamento perfeito, com um príncipe encantado... e lembrei da primeira noite que tudo aquilo se diluiu quando precisei entregar meu corpo por um pedaço de pão para minha mãe, que morria dia a dia. Lembrei-me das lágrimas escorrendo em meu rosto, como me senti suja e como meu mundo ruiu em uma cama. A lembrança foi suficiente para me recompor e lembrar o que fazia ali.

Estendi a mão para fora da igreja, sinalizando que a farsa chegava ao fim. Caminhamos lentamente até lá. Imaginei que ele também tivesse seus pensamentos perturbados e que um casamento forçado nunca fizera parte dos seus sonhos. A volta foi silenciosa. Cada um se corroendo em dúvidas e incertezas.

Quando chegamos ao Spret, abrimos a porta e fomos recebidos com bebidas e salvas de palmas. Abracei todas as minhas meninas, sorrindo em retribuição a todo aquele amor, mesmo querendo ir para o meu escritório para beber e fumar até me esquecer de tudo aquilo.

Pietro rapidamente se familiarizou com todas elas e seu charme era distribuído por sorrisos que contagiavam. Em pouco tempo, ele era como se também fosse parte de tudo aquilo. Depois de muitas bebidas, músicas e risadas, por fim, Pietro disse, ironicamente, erguendo uma taça de bebida nas mãos:

— Que esteja na hora de terminamos a noite a sós. — Piscou para mim.

Retribui o sorriso. Mentir era meu melhor artifício. Estava cansada daquele teatro e queria me retirar. Todos bateram palmas e olharam com cumplicidade. Pietro se aproximou e passou os braços por minha cintura, deixando um beijo em meu rosto.

— Agradeço por tudo que fizeram, *ma petits* — falei realmente agradecida. — Foi muito especial. Vamos todas nos recolhermos porque amanhã será um longo dia.

Todos assentiram e dei as costas, acompanhada de Vandick, sentindo seu olhar sobre mim. Só parei quando cheguei até o meu quarto que era ao lado do seu. Encarei-o.

— Quer terminar a noite comigo? — perguntou me provocando. — Garanto que não se arrependerá.

Joguei a cabeça para trás e gargalhei.

— Primeiro — coloquei os dedos no seu peito —, você não teria dinheiro para pagar nem para me ver nua. Depois, tenho plena certeza de que você não vale essa garrafa de *bourbon* fajuta que tem nas mãos.

Senti pena no mesmo instante do que vi nos seus olhos. Era mágoa. Mas eu estava acostumada a ver o desprezo de todos os homens que me tocavam. Por que eu teria pena de Pietro? Não, eu não teria!

— Boa noite, *mon coeur* — falei e lhe dei as costas.

Então fui surpreendida por suas mãos, que seguraram meus braços, e por seus lábios, que se colavam em meus ouvidos.

— Eu não lhe dei meu presente de casamento ainda — ele sussurrou e antes que me corpo tivesse alguma reação, sim, porque meu corpo perdeu todos os sentidos diante do seu toque, seus dedos ágeis tocaram o meu rosto e viraram-no.

Em questão de segundos, seus lábios estavam colados nos meus, sem que eu me desse conta, em um beijo longo e profundo, onde ele extraía de mim todas as minha forças, os meus segredos... E, quando dei por mim, estava de olhos fechados. Pela primeira vez, fechava os olhos diante de um beijo. Um beijo que, mesmo estando em pé, me deixava rendida, porque seus dedos tracejavam por meu rosto um caminho cheio de carinho, que queimava a minha pele feito fogo e me marcava até as entranhas, enquanto sua outra mão passeava por minhas costas como se eu fosse realmente a maior preciosidade que ele possuía e não um acordo que ele acabara de assinar. Só nos afastamos quando ele assim o quis, porque forças eu não tive.

Vagarosamente, abri os olhos e me deparei com seu sorriso malicioso de sempre e com os dedos macios que colocou sobre meus lábios.

— Realmente eu não tenho dinheiro, mas tenho coisas a lhe oferecer que o seu dinheiro não compra.

Dessa vez foi ele que meu deu as costas, batendo a porta do seu quarto na minha cara, deixando-me perplexa e com o gosto do pecado nos lábios. E eu, que sempre achei que conhecia muito bem este gosto, estava completamente enganada. Pecado tinha gosto de Pietro Vandick!

O DIA EM QUE TE TOQUEI

Paula Toyneti Benalia

CAPÍTULO 7

"Nós nunca somos felizes demais. E esse é o preço a se pagar por viver. Um dia você sorri e, em alguns instantes, uma lágrima desce do seu rosto. É como andar em uma corda bamba. Você nunca sabe o que acontece no instante seguinte, e isso faz você compreender que nunca será feliz para sempre. O instante é um piscar de olhos e o reflexo pode ser um sorriso ou a morte..."

(Pietro, Londres, 1799.)

Encostei meu corpo na porta fechada, os olhos fechados e a respiração ofegante, buscando um controle que eu tentava tirar de algum lugar. As mulheres não deveriam possuir aquele domínio sobre os homens! Não, não deveriam! Mas falávamos de Nataly, a prostituta conhecida por seus cabelos de fogo, olhos hipnotizantes, toque que marcava... Eu conhecia a fama que a precedia. Ela era uma lenda viva. E agora eu, que sempre tivera medo de me envolver com alguém, estava brincando com o próprio fogo, como se fosse imune a ele, só para provar minha teoria de que ela poderia se machucar também. A quem eu queria enganar? O que eu estava fazendo?

Eu adorava jogos, desafios, e aquele era mais um. No entanto, eu estava com muito em jogo naquele casamento. Era minha vida, o meu futuro, os meus sentimentos. Balancei a cabeça, lembrando-me de como era displicente. Sempre fora e isso não mudaria. Só precisava levar na brincadeira.

Era só isso. Um jogo, uma brincadeira como sempre fora e, por fim, terminaria a minha vingança contra aquela safada, sem me preocupar muito com o amanhã. Essa seria minha vida.

Tirei o paletó e me joguei na cama, olhando para o teto por um longo tempo, até me pegar com as mãos nos lábios saboreando o gosto daqueles que me fizeram desejar, naquela noite, realmente ser o marido de Nataly e desfrutar do seu corpo de todas as formas. Terminei a noite com uma garrafa de bebida nas mãos, apagando o gosto que tinha nos lábios com o líquido forte.

Quando o dia amanheceu, pancadas fortes na porta me fizeram despertar. Não era aquele horário que eu estava acostumado a acordar.

— Acorde, *coeur*. — A voz de Nataly me despertava.

Não precisei me vestir. Ainda mantinha a roupa do dia anterior e abri a porta a contragosto.

— O que há? Por Deus! — falei abrindo a porta com mau humor.

— Bom dia, meu conde — ela falou com seu sorriso lindo de lábios vermelhos, usando batom já pela manhã. — O sol já está alto e precisamos sair. O clube abre essa noite. Vista-se e encontre-me lá embaixo, urgente.

Ela bateu as mãos me apressando e saiu me dando as costas.

Bufei, já imaginado que o dia seria infernal.

Não me atrevi a desobedecer. Eu era um homem de palavra e, se me casei para tomar conta dos negócios, assim o faria.

De novo alguém bateu na porta. Era a mesma mulher que no dia anterior preparou o meu banho. Seu rosto hoje atingiu um tom de verde devido à pancada que levara.

— Bom dia, meu senhor, vim preparar seu banho, com licença — falou com reverência, sem saber muito como se portar.

— Fique à vontade. Posso saber seu nome, senhorita?

— Emily, meu senhor — falou enquanto preparava a banheira. — Pode me dizer o que precisar que estou à disposição.

E depois de um longo banho, começou meu dia infernal. Quando desci para encontrar Nataly, seu humor não parecia nada bom. Ela discutia com alguns fornecedores que não entregaram as mercadorias e depois me entregou vários papéis para assinar.

— Resolva isso. Sem esses documentos não vamos conseguir nada para essa noite. Depois me encontre na carruagem.

Suas ordens me irritavam e eu estava a ponto de me impor. Concordei em tomar conta dos negócios, mas não em ser um cachorro de madame. Peguei os papéis das suas mãos e fui até o escritório montado no segundo andar do elegante salão da Spret House.

O lugar estava a todo vapor. As pessoas se movimentado para dar vida àquele lugar até à noite. O luxo estava por toda a parte, carpetes caríssimos forravam o salão, lustres gigantescos pendurados por todas as partes, cadeiras e poltronas da mais alta categoria. Nada ali era singelo. Tudo ultrajante e extravagante.

Sentei-me na cadeira de veludo vermelha do escritório e comecei a ler os papéis que ela pediu que eu assinasse, um por um. Assinei os que foram necessários e separei os que achei abusivos e dispensáveis. Tinham orçamentos para serem aprovados ali que eram verdadeiras fortunas em coisas que não valiam a pena. Convites a serem aprovados para pessoas que não deveriam colocar os pés naquela casa. Se eu gerenciaria aquele lugar, as regras também seriam minhas.

Uma das mulheres que trabalhavam para Nataly, que eu não conhecia ainda, entrou e me chamou:

— Senhor Vandick, Nataly o espera na carruagem e disse que tem pressa.

— Avise que não terminei meu trabalho. Peça para ir sem mim — anunciei.

— Creio que não irá gostar. Disse que era para o senhor não se demorar — insistiu.

— Também não gosto de receber ordens. Qual seu nome? — perguntei.

Eu não gostava de coisas impessoais e saber o nome de todas elas seria imprescindível.

— Sou Ava — respondeu.

Ava era a de cabelos pretos longos e olhos verdes, memorizei.

— Ava, diga a sua *chérie* que estou trabalhando e peça, por gentileza, que vá sem mim. Agradeço a compreensão das duas.

Cruzei minhas pernas e continuei meu trabalho, já esperando pela intromissão de Nataly no escritório. O que não demorou a acontecer. Levantei os olhos antes mesmo de escutar sua voz, quando senti o olhar ameaçador que ela dirigia ferozmente com suas sobrancelhas cruzadas sobre a testa enrugada, encarando-me.

Enchi o pulmão de ar e soltei, buscando paciência. Esse era um dom que sempre tive e que me parecia esvair perto dela.

— Dificuldades em cumprir ordens, *mon coeur*? — ela perguntou.

— Problemas em ficar longe do seu marido, *ma chérie*? — zombei.

A ira pareceu se acender dentro dela. Seu rosto ficou vermelho e ela deu passos em direção à mesa onde eu estava sentado.

— Se eu digo que tem que ir até a carruagem é porque tenho coisas

O DIA EM QUE TE TOQUEI

43

importantes para resolver que necessitam da sua presença.

— A única coisa indispensável à presença de um homem é quando a mulher está sem roupa. Seria este o caso? — perguntei querendo irritá-la outra vez. Era um prazer vê-la louca de raiva.

— Talvez. Eu preciso da sua opinião para minha roupa essa noite. Quero saber se estarei à altura deste clube.

Olhei para ela pasmo. Eu era um homem que ela via como uma peça de tabuleiro que movimentava como bem entendesse. Ajudá-la a escolher roupas? Era humilhante.

Levantei-me da cadeira, colocando as mãos nos bolsos para que ela não visse a minha ira ali, nos meus punhos cerrados, e então decidi entrar no seu jogo mais uma vez.

— Creio que possa desmarcar seu compromisso esta tarde se a minha opinião tanto lhe importa. — Fixei meu olhar no seu com um sorriso de meio fio. — Fique nua e estará à altura deste clube e da mulher que é.

No mesmo instante que as palavras saíram da minha boca, eu me arrependi por tê-las dito. Foi rápido, mas o meu olhar fixo no seu foi suficiente para ver a mágoa se formando em seus belos olhos, que ela disfarçou com uma gargalhada. Senti-me o pior dos homens. Primeiro, porque aquele tipo de atitude nunca tinha sido algo que compartilhava. Eu repugnava aquelas palavras! Repugnava o homem que me tornava para provocá-la. Segundo, porque eu sabia como ninguém em Londres que aquela gargalhada era falsa. Ela não condizia com os belos olhos magoados como Nataly tentava demonstrar.

— *Me* ver nua é um privilégio para poucos. Eu escolho a dedo os homens que me vislumbrarão nua e você nunca estaria entre eles. Preciso de você essa noite, então a sua sugestão está fora de questão. *Se* apresse em me encontrar na carruagem. Não tem ideia de como sou quando me irrito.

Dando meia-volta, ela saiu.

Afundei-me na poltrona novamente e passei as mãos pelos cabelos. O que seria desse sentimento que fazia eu me transformar na pior pessoa do mundo só para não me rebaixar a ele e ainda ficar com a sensação de que precisava correr atrás dela e consertar algo que nem sabia que sentido tinha? Levantei-me e arrumei o paletó, apressando-me em encontrá-la, não porque tinha medo de suas represálias, mas porque, no momento, a solidão dela me incomodava por ter sido tão idiota.

Engoli em seco e pensei que, de alguma forma, me apegava a Nataly e isso não era nada, nada bom...

CAPÍTULO 8

"O dia em que compreendi que o ser humano poderia ser bom ou mal, eu compreendi que eu poderia ser as duas coisas. Não precisava escolhê-las. Poderia amar quem merecia e odiar quem disso destoaria."

(Pietro, Londres, 1797)

PIETRO

Entrei na carruagem e não encontrei os seus olhos. O silêncio persistiu pelo longo caminho, até perceber que nos afastávamos de Londres em direção às propriedades rurais. Estranhei, já que sabia através de Helena e George que Nataly era uma das clientes da própria Helena e daquela modista de nome estranho. Achei melhor não comentar nada ou brigaríamos novamente. Era sempre assim.

Depois de um longo percurso, a carruagem parou em uma propriedade rural. Assim que desci, observei a grande casa, sorrindo. Achava tão incríveis aquelas propriedades com casas monumentais e, ao mesmo tempo, tão pequenas, se comparadas com a natureza que as cercavam. Sonhava em viver em um lugar assim, mas tinha perdido todas as minhas propriedades pelo caminho da vida, muitas delas nem se comparavam àquele casarão que, apesar de bonito, já começava a apresentar sinais do tempo em sua fachada desbotada.

Ajudei Nataly a descer e assim que ela colocou os pés no chão, não pude contar ao certo, mas ao menos umas vinte mulheres saíram de dentro da casa gritando eufóricas.

O DIA EM QUE TE TOQUEI

— Quase ninguém sabe da existência deste lugar e eu espero poder contar com sua discrição. Se não for por mim, o faça por essas dezenas de mulheres que irá conhecer.

Sem entender, eu a segui rumo a casa, onde ela foi sufocada por abraços afetuosos de todos os lados e conversas que não se entendiam, já que todas aquelas damas falavam ao mesmo tempo.

— Por favor — ela pediu por fim —, vamos nos acalmar e me deixem falar e me movimentar.

Era uma ordem que Nataly dava de forma calorosa com um sorriso no rosto, que todas cumpriram com afinco, se afastando e silenciando.

— Duas pessoas especiais estarão de passagem na casa Esperança hoje. Uma delas é meu marido, o conde Pietro Vandick. — Ela deu espaço para que todas me vissem, já que, até então, empolgadas com a visita de Nataly, não prestavam atenção em mim. — E a outra pessoa é minha modista Marshala, que deve estar para chegar. Sei que estão tristes por não poderem participar da inauguração da Spret House, mas vamos fazer vestidos para todas vocês e organizar uma festa aqui, muito em breve.

A alegria tomou conta de todas, que gritavam e batiam palmas como crianças.

— Vamos entrar. Onde está Poppy?

— Dando aulas — uma jovem respondeu.

Reparei que todas eram muito jovens e bonitas. Será que era uma casa de prostituição ali também? Afastada para clientes de luxo, pensei.

— *Me* sirvam um chá até que Poppy termine a aula e Marshala chegue. Duas de vocês serão suficientes. Voltem aos seus afazeres e a modista vai chamá-las uma por vez para tirar as medidas.

Rapidamente o grupo se dissipou e fomos levados até a cozinha, onde nos sentamos, até que foram preparar o chá.

Meu olhar era de curiosidade. E isso se transformou em espanto total quando senti alguém puxar minha perna e me deparei com uma linda bebê de um ano mais ou menos, cabelinhos dourados cacheados, que tentava escalar na minha perna.

— Isla! Saí daí, por Deus, meu amor, venha cá com a mamãe — uma das jovens, que colocava o bule para ferver a água, chamou.

— Elizabeth, eu a pego — Nataly se ofereceu, pegando a menina do chão e colocando em seu peito de forma aconchegante. Fiquei com inveja de Isla!

— A casa Esperança mantém todas as mulheres do clube que engravidam e não desejam se desfazer dos seus filhos. Como os pais nunca assumiriam essas crianças, eu as mantenho aqui, afastadas da sociedade, onde aprendem a ler e escrever e outras tarefas importantes para que possam ter um futuro diferente de todas nós — Nataly explicou para mim.

Creio que a vergonha tenha ficado exposta em meu semblante por ter tido pensamentos tão contrários ao que realmente acontecia ali. E meu coração se derreteu um pouco mais por saber que mulher Nataly escondia por baixo daquela pose de prostituta sem coração.

Quando a modista chegou e se juntou a nós, entendi meu papel ali.

— Quero que me faça um favor, Vandick — Nataly pediu enquanto bebia o último gole de chá. — Preciso que realmente ajude com os vestidos, mas não a mim. Quero que todas as mulheres desta casa se pareçam com damas e não cortesãs na festa que darei a elas e comprei mais vestidos para que usem no dia a dia. Marshala vai tirar as medidas e deixar que elas escolham os tecidos e o que desejam, mas quero que você seja o lorde que vai, sem que elas percebam, indicá-las neste caminho. Não quero magoá-las, entretanto estou cansada de olhar todas que se dispuseram da vida de prostitutas e os filhos crescendo e vislumbrando decotes excessivos, cores extravagantes e silhuetas mais justas que as adequadas. Helena não poderá nos ajudar por conta do seu filho recém-nascido e eu, como pode ver, não sou uma dama. — Terminou falando com ironia sobre si mesma.

— Trouxe tecidos bem apropriados. Isso facilitará seu trabalho, milorde — Marshala comentou. A mulher de olhar misterioso e belo, ao que eu sabia, estava fazendo revolução como modista em Londres, juntamente com Helena.

— Creio que teremos uma tarde interessante — falei sem entusiasmo.

E assim foi. Dentro de um quarto, cada dama perdia-se em meio a tantos tecidos por pelo menos metade de uma hora, onde eu as elogiava quando escolhiam aquilo que era adequado.

Quando entramos na carruagem para ir embora, meu humor tinha ficado todo naquele lugar e só restou um homem de cara fechada olhando para o horizonte.

— Obrigada. — Foi o que escutei, quase sem acreditar, dos lábios de Nataly.

Olhei para ela, que mantinha seu corpo apoiado na carruagem, demonstrando cansaço. Perdi-me naquela imagem por alguns instantes. Ela era tão linda, uma beleza que ia muito além da aparência física. Transbordava desejo e, ao mesmo tempo, uma doçura que sabíamos que ela não tinha, mas ali, sentada em silêncio, era como se fosse um anjo intocável. Minha raiva por todo o dia se esvaiu com aquela visão encantadora.

— Posso te fazer uma pergunta?

O DIA EM QUE TE TOQUEI

Minha curiosidade aumentava a cada dia que passava com Nataly. Eu queria conhecê-la, saber de cada detalhe da sua vida. Era estranho estar casado, mesmo que só em uma forma de contrato, com uma pessoa que só sabia praticamente o primeiro nome.

— Sim, só não garanto resposta — murmurou ela.

Ela me olhou esperando pelas palavras que demoraram a vir.

— Como entrou nessa vida? Eu não entendo — falei por fim.

Era uma mulher linda, poderia ter conseguido um marido com toda certeza. Não conseguia compreender.

Virando o rosto para olhar a rua novamente, senti que seus pensamentos iam longe.

— Por que não se casou? Uma mulher linda como você não seria tão difícil — insisti.

Voltando a me encarar, dessa vez sua expressão tinha um sorriso melancólico.

— Não se é bonita o suficiente sem um dote adequado e aos 14 anos de idade, principalmente quando você não tem praticamente o que vestir e está quase pele e osso por falta de comida.

Senti meu estômago revirar só de imaginar tudo que poderia ter passado.

— Eu era uma criança ainda e, quando minha mãe adoeceu, não tinha como conseguir dinheiro para nos sustentar. Já era difícil com ela em seu perfeito estado de saúde. Ficou insustentável com ela enferma. Tentei de todas as formas conseguir comida naquele dia, e nem era para mim. Eu sobreviveria mais alguns dias sem comer, mas ela definhava na cama e não achei que conseguiria conviver com a certeza de que minha mãe morreu com fome.

Vislumbrei em seu rosto um traço de tristeza insuportável.

— Eu sinto muito — foi tudo que consegui dizer e me senti um tolo por isso.

— Não sinta, *coeur*, não sinta. Não fico remoendo o passado. Aquilo ficou para trás há muito tempo. *Me* parece até outra vida. Mas, enfim, foi assim que começou, trocando meu corpo por um pedaço de pão para minha mãe e depois os motivos foram se acumulando com sua morte, o que tornou algo além do meu controle. E hoje os motivos estão além do meu dinheiro.

Senti uma tristeza imensa invadir meu coração. Era insuportável pensar no passado de Nataly e aquilo acabou comigo.

Tinha vontade de ir até ela e abraçar seu corpo que, naquele momento, não parecia em nada com a mulher poderosa que dirigia aquele clube, mas sim com uma mulher frágil que, no fundo, ainda era uma criança abandonada. Eu entendia muito de solidão e perdas. Muito...

— Não tem outro parente vivo? — perguntei tentando de alguma forma entender se ela encontrava alívio para aquelas dores que sentia.

— Não, *mon coeur*. Minha família está resumida nas meninas do clube e nas da casa Esperança. Compreendi que aquela família que construímos em vida tem muito mais valor que os de sangue. Isso se tornou fundamental para minha sanidade.

— E por que não procurou um casamento por amor? Isso te tiraria dessa vida.

Ela balançou a cabeça melancolicamente.

— Todo meu amor eu enterrei com a minha mãe. Tenho outro sentimento que me consome e este sentimento não se consegue em um casamento.

Pensativo, fiquei me perguntando que sentimento seria esse que ela nutria. Tristeza, talvez? Não saberia a resposta e, pelo seu olhar, ela não me daria.

Pensei com pesar que tínhamos muito em comum. Éramos sozinhos no mundo e marcado por perdas. Meu coração se aquiesceu com esse pensamento, por estar perto dela de alguma forma, mesmo que para dividir tais sentimentos, e isso me fazia feliz. De alguma forma, acho que Nataly me ensinará a crescer como pessoa, o que eu tenho demorado muito tempo para aprender.

Paula Toyneti Benalia

Capítulo 9

"O baralho é um jogo conhecido há muitos séculos, mas as formas de jogar podem ser infinitas. É como amar, que é algo nato do ser humano, mas se pode amar de infinitas formas. Algumas delas lhe darão vitória, outras lhe condenarão e algumas ainda podem ser sua sentença de morte."

(Diário secreto de Nataly, Londres, 1801.)

NATALY

Olhei-me mais uma vez. Era difícil reconhecer a dama que eu refletia. O vestido desenhado por Helena de tons rosa-claro tinha uma manga que se ajustava para deixar os ombros à mostra e os babados, que desciam como camadas abaixo da cintura, formavam um degradê. Era elegante e, junto aos meus cabelos que estavam presos e à falta de maquiagem, me deixava uma verdadeira dama.

Eu desejava ser somente a esposa de um conde nessa noite, mas pensei com desgosto que a esposa de um nobre não estaria naquele lugar. Tirei rapidamente o vestido, trocando-o por um escandaloso como sempre e me maquiei rapidamente. Em instantes, era a cortesã que encantaria a todos naquela noite por seus cabelos exóticos e seios exuberantes. Ninguém nunca pensaria se ela teria ideias brilhantes.

Sorri, pensando que naquela noite nenhum homem pensaria que eu estaria arquitetando planos que eles nem imaginariam naquelas mentes vazias, já que passariam a noite pensando em jogos e em mulheres.

Minha sede por me vingar daquela sociedade crescia como um furacão e meu desejo por descobrir algo da minha mãe me consumia como uma doença. Dei alguns passos até a penteadeira e abri a pequena caixa de tecido que escondia por debaixo de alguns enfeites uma pequena medalha, que guardava como um tesouro com as iniciais GM, cravadas em pedaço rústico de madeira de forma infantil, eu poderia reconhecer que aquilo era feito por uma criança. Sabia que aquelas iniciais eram o nome do irmão da minha mãe, aquele que ela tanto amava e que a tinha esquecido, porque nunca a procurou e a deixou morrer de forma tão cruel.

Eu precisava encontrá-lo e aquela noite me parecia perfeita, pois todos os lordes de Londres estariam convidados para o evento mais aguardado do ano. Eu listaria todos que tinham essas iniciais e começaria minha investigação. Respirei fundo e saí do quarto, deparando-me com Vandick, que me encrava com um olhar que não consegui decifrar.

— Estás pronta para cortejar outros homens? — perguntou pensativo e, antes que me desse tempo de uma resposta, completou: — Dizem que muitas damas entram nessa vida por necessidade e continuam nela por gosto.

As palavras, como sempre cruéis, não me atingiram, porque, por fim, decifrei seu olhar e o que tinha por trás de suas palavras era ciúmes.

— Ora, ora, se o marido não sente ciúmes de sua esposa. — Gargalhei. — Deixe disso, *mon coeur*, hoje sou só a prostituta que todos podem cobiçar e não devem tocar. Qualquer dia desses me troco como uma dama e desfilo com você em uma peça de teatro, sendo o bibelô que você pode carregar e usufruir. Já a você, dei o direito de usufruir de todas as minhas cortesãs e sem custo algum.

Seu olhar escureceu. Ele pegou meu braço e, gentilmente — porque mesmo quando estava com raiva, Pietro era incapaz de machucar uma mulher e pude perceber isso nos poucos dias que convivi com ele — me encostou na parede do corredor.

— Creio que quem anda achando que sou um bibelô ou um vaso decorativo neste casamento seja você. *Pietro, hoje deve ser meu marido. Vandick, vai ser conselheiro de negócios. Hoje vai se deitar com uma das minhas meninas. Quero que mantenha segredo...* Que merda é essa? — falou alterado.

E, mesmo quando falava alterado, sua voz era doce.

Olhei em seus olhos, que tinham um brilho especial e perguntei como ele fazia aquilo. Transformava todas as suas perdas em amor, todo o ódio em coisas boas, porque eu não conseguia. Eu odiava o mundo. Queria esmagar cada pessoa que tinha me magoado, queria destruir Londres inteira, os culpados e os inocentes.

— Digamos que não temos um casamento. Apenas um belo contrato e que você não tem o poder da escolha. Mas vou facilitar esta noite. *Me* diz o que quer e te darei! Estou animada com a inauguração desta casa e com poderes nas mãos. — Balancei os dedos.

— Qualquer coisa, Nataly? — perguntou com malícia.

Gargalhei.

— Sim, *mon coeur*.

Ele apenas balançou a cabeça mordendo os lábios.

— Pois bem. Eu quero você esta noite.

Se tinha uma coisa que aprendi ao longo da minha profissão era disfarçar minhas emoções. Eu poderia odiar o que sentia, mantendo sempre um sorriso nos lábios e foi o que fiz naquele instante. Eu teria engasgado se estivesse bebendo algo, mas tudo que fiz foi manter um sorriso aberto e sagaz. Ele se aproximou ainda mais, imprensando seu corpo contra o meu na parede, o que parecia ser uma prática comum sua, me deixar naquela posição e sem ar.

— Quero você nua em meus braços e embaixo do meu corpo. Não por cima como deve ser comum com os homens que se deita. E, então, vou ensinar a você o que é prazer, vou mostrar a você o que é sentir o chão se perdendo até não ter mais voz na sua garganta, até que a única palavra que saía de sua boca seja Pietro.

Engoli o pouco de saliva que restava na minha boca que estava seca e tentei dizer algo, agradecendo por ele sussurrar aquilo em meu ouvido e não poder ver a expressão do meu rosto. Sim, porque, dessa vez, eu não tinha o sorriso falso. Estava perplexa e não por suas palavras sujas. Essas eram comuns em minha vida. Eu estava atônita pela forma que meu corpo reagia a elas, porque sabia que o que ele dizia aconteceria em cada expressão, em cada toque seu e eu não poderia deixar nem por um instante. Ele acabaria comigo como prometeu no primeiro dia naquele escritório e eu perderia mais uma vez. Tudo o que tinha era minha dignidade e mais nada. Eu não poderia perdê-la.

Me recompondo, coloquei minha mão em seu ombro, apoiando meu queixo ali também e sussurrei em seu ouvido como ele fazia.

—Você pode me ter, como já disse, se pagar o que convém. Cobro quatro mil libras para me ver nua e, por ser meu marido, lhe darei um beijo de cortesia. Ele se afastou e me olhou perplexo.

— Não estou comprando uma propriedade.

— Sim, porque propriedades você já teve várias que não o fizeram feliz. Você as trocou por jogos, bebidas e mulheres.

— Você é cruel, Nataly.

— E você um libertino como todos os outros. Não serei mais uma na sua lista.

— A não ser que eu pague?

Assenti.

— Sim, porque assim não terá nenhum sentido, como deve ser. — Dei as costas para ele e saí caminhando porque já tinha falado demais, dado liberdades que não deveria e sentido coisas que não queria.

Quando desci a escada, o barulho veio como música aos meus ouvidos. A casa estava lotada. Quase não conseguia andar pelos cômodos do clube. Era o sucesso que previa. Caminhei com dificuldade até a entrada e dei instruções para um dos ajudantes que fizesse uma listagem com os convidados de indiciais GM e que passasse as informações de tudo que fariam aquela noite.

Em seguida parei, olhando para os lordes mais conhecidos daquela noite. O duque de Castilho sentado nas grandes poltronas vermelhas dispostas no grande bar mantinha um copo de bourbon em uma das mãos e a outra no peito de Ramina, minha mais nova contratação do clube. Normal para o local. Fiquei pensando se sua mulher, que deu à luz fazia uma semana, imaginava aquilo. Olhei para o lado, onde seu grande amigo, o conde de Galdério, gargalhava de alguma piada idiota, já que estava bêbado feito um porco, e ainda brincava de cavalinho com a Carlota, que estava sentada no seu colo. Tudo normal, a não ser pelo fato de ele ter oitenta anos e sua mulher estar em casa no leito convalescendo.

Eu odiava cada um daqueles homens.

Eu odiava aquela sociedade pífia em que seus filhos se achavam tão corretos à luz do dia e que, ao anoitecer, se trancavam em algum clube ou quarto e usufruíam de todos os pecados. Quando o sol saía, lavavam sua alma e, como deuses, puniam os pecadores que achavam convenientes. Falavam mal das mulheres e colocavam os homens em um lugar que os dignificavam, simplesmente porque usavam calças.

Mas eu mudaria aquilo. Faria questão de mudar. Puniria todos eles, era uma promessa.

Respirei fundo e fui cumprir o meu papel daquela noite: fazer com que esses homens rissem e gastassem tudo o que tinham e o que não tinham.

Quando a noite terminou, eu estava exausta.

Segurando a lista dos nomes que pedi, subi para o meu quarto. O dia já estava quase para amanhecer e, como sempre, eu era uma das últimas a sair, depois de verificar se tudo estava bem, se todos já tinham ido embora e se todas as meninas passavam bem.

Quando abri a porta do meu quarto, me deparei com Vandick me encarando. Dessa vez, não sorria. Ele tinha uma das sobrancelhas levantada, o que o deixava incrivelmente mais lindo.

Ele, estendendo a mão, me entregou um bolinho de dinheiro.

— O dinheiro da noite deve ficar no escritório — comentei, dando-lhe as costas. — Ou arrumou isso para me ver? — provoquei-o.

— Sabes muito bem que o dinheiro desta noite foi levado por várias carruagens para bem longe daqui e que não caberia nessas mãos. Este dinheiro é o pagamento que me pediu para lhe ter esta noite.

Sem me virar, coloquei um dedo entre os dentes contendo minha vontade de gritar, dizer que ele estava louco, que aquilo era insano, mas, por Deus, eu o queria tanto, o desejava tanto que meus dedos começaram a doer pelo excesso de força que coloquei em meus dentes.

Virei-me e o encarei na penumbra da noite com a luz das poucas velas que iluminavam meu luxuoso quarto.

— Onde conseguiu o dinheiro? — perguntei tentando o despistar.

— Ainda sou um bom jogador e você não me proibiu de jogar.

— Achei que trabalharia esta noite.

— Sim, fiz as duas coisas.

— E o dinheiro não lhe dá o direito de me ter. Esse direito não darei a ninguém, nunca! Você pode se deitar com uma mulher e isso não lhe dá o direito de tê-la, *mon coeur*. O dinheiro que tem nas mãos só lhe garante um beijo e ver meu vestido no chão, nada mais.

— Isso será o suficiente, *ma déesse* — falou me chamando em francês de sua deusa.

Antes que eu compreendesse onde ele aprendera aquelas palavras em francês, seus lábios estavam sobre os meus, famintos, loucos por algo que eu não sabia o que era, porque eu buscava pela mesma coisa.

Minhas mãos passearam por seus cabelos e as dele desabotoavam o meu vestido. Eu suspirava e ele respirava acelerado no mesmo ritmo. Era tudo novo para mim, sentimentos que eu descobria como uma criança que pisava pela primeira vez na praia e aquilo me dava medo no mesmo nível, porque uma criança não corre em direção às ondas. E, se correr, vai se afogar. Eu me afogava naquele sentimento de tal forma que não sabia controlar. Escutava as batidas do meu próprio coração.

E, quando senti meu vestido cair no chão, Pietro se afastou, olhando-me com devoção.

Era um olhar diferente de todos que eram dirigidos a mim em toda a minha vida. Não tinha só desejo, tinha veneração, respeito e sentimentos que eu não sabia dizer.

Quando pensei em dizer algo, ele interrompeu o silêncio.

— Um homem pode se deitar com uma mulher e ela nunca ser dele, nunca pertencer a ele. Você tem toda razão, Nataly. Mas um homem pode simplesmente beijar uma mulher e ela ser dele pelo resto da vida.

E, antes mesmo que eu desse uma resposta, ele saiu batendo a porta, deixando-me nua e sem palavras, sabendo que, sim, alguma parte minha já era dele.

Capítulo 10

"Estragar tudo é um dom meu. Mas o maior pagamento partia de mim: meu coração retalhado."

Pietro, Londres, 1800.

Fechei os olhos.
Abri. Pisquei duas vezes.
Soltei o ar que retinha.
Respirei fundo.
Bati a cabeça na porta.
E nada.
Nada tirou da minha mente a visão de Nataly nua. Olhei para a garrafa de bourbon que estava perto da cama. Abri e virei um enorme gole. Nada. Pensei onde poderia conseguir um pouco de ópio. Sim! Ópio ajudaria! As viagens que se fazia com ópio eram as melhores, mas eu não conseguiria assim, do nada, àquela hora. Então me sentei na beirada da cama e desisti de esquecê-la. Minha mente começou a reviver cada imagem, cada sensação, cada instante que se passou naquele quarto.
Já tinha visto mulheres nuas, dezenas, centenas... Não sei quantas, mas ela era diferente. Tudo fez sentido, a sua fama de deusa Afrodite... E, não só por ser considerada na mitologia como a protetora das prostitutas, mas por ser a personificação da beleza, do amor e da sexualidade.
Senti tantas coisas e uma vertigem me tomou ao imaginar que tantos outros homens poderiam continuar tocando-a como já haviam tocado. E não era só por uma questão de ciúmes, mas por saber que não a tocariam

com a dignidade, o respeito e o amor que aquela mulher merecia, porque, por mais que ela se mostrasse uma pessoa ruim para mim, eu sabia, de longe, que ela protegia com a vida as pessoas que amava.

Deitei-me na cama e então as imagens foram apagadas por um sentimento maior que me consumiu, chamado medo. Medo de me entregar ao que eu começava a sentir por ela, medo de depender, de alguma forma, emocionalmente de Nataly e depois perdê-la. Eu não poderia suportar perder mais alguém.

A voz do meu irmão gritando socorro me trazia a lembrança de que eu deveria me afastar dela. Esta última memória substituiu a imagem de Nataly.

Foi assim que adormeci no silêncio do quarto, em meio aos gritos dos meus fantasmas e com meus olhos ardentes, que se controlavam por anos para não derramar as lágrimas, porque eu sabia que, se um dia elas caíssem, meu chão se perderia. Quando acordei, parecia que tinha sido atropelado por uma carruagem. Minha cabeça doía e um sentimento de perda estava ali. Depois de um banho e me trocar elegantemente como sempre gostei, me senti um pouco melhor.

Descobri que o desjejum era em uma mesa enorme montada onde à noite era a sala de jogos. A cena era alegre: dezenas de mulheres comendo sem pudor, sem modos algum e conversando alegremente. Aquilo já foi o suficiente para fazer meu dia ficar encantadoramente feliz.

Olhei para a ponta da mesa, onde Nataly se sentava assistindo a todas. Diferente das outras, ela tinha uma elegância nata, uma classe que parecia vir do berço e me perguntei como aquilo seria possível. Vislumbrado, olhei-a pegar uma fatia de croissant e tomar um gole de chá como uma verdadeira dama. Seu rosto já estava demasiadamente maquiado, mas ela mantinha seus cabelos vermelhos ainda soltos, contornando seu rosto perfeito.

Ela me encarou, fazendo sinal para que me sentasse na cadeira ao seu lado.

— Bom dia, mon coeur. Como pode ver, sinta-se à vontade no nosso desjejum.

— Nataly, tenho um pedido para fazer ao Pietro — Ava falou, escondendo o riso. Reparei que várias delas olhavam com cumplicidade.

— Creio que esta seja a primeira manhã que passamos com Vandick e devemos deixar o pobre rapaz respirar — Nataly falou gentilmente.

— Podem pedir o que quiserem — intervi enquanto enchia minha xícara de chá.

— Poderia nos levar a um passeio de carruagem no Hyde Park? — Ava falou por fim. — É que sempre desejamos tanto, mas seríamos humilhadas e ficaríamos sob os olhares cruéis da sociedade. Agora com um conde, ohhh! Será maravilhoso e ninguém se atreveria.

Arqueei as sobrancelhas, pensando que o faria com maior gosto, mas já imaginando como eram inocentes os pensamentos de todas. Elas seriam alvos de fofocas maldosas, os olhares viriam da mesma forma e minha presença só serviria talvez para chamar mais atenção e especulação. As mulheres odiariam ver sob a luz do sol as cortesãs que, à noite, dormiam com seus maridos, ali no Hyde Park, onde passeavam com suas filhas e onde só os mais afortunados poderiam se apresentar. E os homens ficariam furiosos em saber que elas fariam tal afronta à suas mulheres.

Eu não sabia como explicar tudo isso, mas pelo olhar severo de Nataly, ela compreendia.

— Quando entraram nessa vida, todas sabiam o lugar que ocupariam na sociedade. — Ela se levantou e encarou todas elas, que silenciaram no mesmo instante. — Precisamos do dinheiro deles e de nada mais. Seus passeios, suas vidas sem graça e suas convenções não servem para nosso mundo e não nos convém. Estamos entendidas?

O silêncio era mortal.

— Estamos? — ela questionou novamente até todas assentirem em silêncio. — Pois bem, vou me retirar. Pietro, me encontre no escritório assim que terminar.

Terminei o chá. Perdi o apetite só de ver a tristeza no olhar de todas aquelas mulheres que se contentariam em fazer um passeio — que eu odiava — no Hyde Park. Subi até o escritório e encontrei Nataly sentada em sua poltrona.

— Agora que toda a loucura da abertura do clube passou, preciso da sua ajuda para cuidar de alguns assuntos pessoais.

Assenti.

— Devo me sentar ou serão poucas coisas?

— Sente-se! — ela ordenou como sempre. – Pietro, eu preciso que você compre uma casa aqui em Londres onde vamos fazer moradia. Não sempre, obviamente, porque o clube depende de mim, mas para que as pessoas pensem que lá mora sua mulher. Quero que espalhe o boato de que me conheceu em uma viagem a Paris, se apaixonou perdidamente por mim e nos casamos. E preciso de uma grande festa de apresentação à sociedade.

Fiquei em silêncio, absorvendo tudo que ela acabara de dizer.

— Muitas coisas em sua história não fazem sentido, Nataly — falei educadamente, porque me parecia que ela entrava na mesma fantasia que as outras mulheres no café da manhã. Todas querendo viver uma vida que não tinham e isso me dava pena. Se elas soubessem como a sociedade era

O DIA EM QUE TE TOQUEI

59

sufocante e insignificante. — Primeiro que ninguém vai acreditar que me apaixonei perdidamente. Sou Pietro Vandick, não vai ser real, principalmente, depois que você espalhou por aí que eu não tinha uma moeda em todos os jornais. Como comprarei a casa? Bailes de apresentação são para debutantes e você já passou dessa idade.

— Imaginei que me questionaria. E, por incrível que pareça, eu sabia exatamente quais seriam seus questionamentos. Pois bem, o amor não tem lógica. Creio que conhece a história do seu próprio amigo George. Ninguém pode questionar um amor repentino. E, em relação a casa, o que o clube lhe proporcionou ontem à noite, se fosse realmente seu, seria o suficiente para comprar uma mansão em Londres, mas se quiser, pode reaver a sua antiga casa, que como deve imaginar, está em minha posse.

— Você fez tudo aquilo, não foi? — perguntei, sabendo exatamente qual era a resposta.

— Eu precisava de você e, se não fosse por bem, seria por mal. Você escolheu o caminho mais difícil. Mas já sabia disso e creio que já passamos dessa parte. Voltando ao que realmente importa, o baile será uma mera formalidade, para apresentar sua mulher e não um *debut*.

— Creio que não tenho escolhas, não é? — Abri as mãos, inconformado. — Como disse, nesta parceria, só você realmente importa. Quero que me devolva a minha casa e farei tudo que me pede, mas não vamos fazer moradia lá.

A casa era a lembrança dos meus pais, dos meus irmãos. Era a lembrança de um passado feliz e um futuro manchado por sujeiras não entraria nela.— Temos outro acordo, que bom. — Ela sorriu. — Você pode achar que isso é tudo por mim, *mon coeur*, mas tenha certeza de que nada é apenas por benefício próprio e não esquecerei como tem me ajudado.

— E de que forma me agradecerá? Pagando minhas contas e me tratando como um empregado seu? Ou talvez me cobrando e me deixando vê-la nua em algumas noites?

Ela abaixou a cabeça, brincando com os próprios dedos. Quando seu olhar voltou a me encarar, não tinha o brilho de sempre.

— Te agradeço da única forma que conheço, *coeur*, e, se isso não é suficiente, eu sinto muito. Não lhe prometi nada a mais e, portanto, não estou desapontando você em nada. Se quiser qualquer coisa que envolva dinheiro ou poder, pode me dizer, eu estalo os dedos e consigo para você em segundos.

— Mas quando se trata de sentimentos, você precisa que lhe paguem também? — perguntei.

— Não, Pietro. — Ela se levantou. — As pessoas compram o meu corpo, mas os sentimentos não podem ser vendidos, porque, se você souber onde os vendem, me dê o endereço. Eu adoraria comprar o amor.

Suas palavras foram deixadas no ar quando ela partiu, junto com o perfume que ficava por onde passava.

Apresentar Nataly para a sociedade vestida como uma dama, se comportando como tal, dançar com ela em bailes, ir a teatros, compartilhar um verdadeiro lar... Aquilo me parecia tão caloroso, tão familiar e eu odiava sentir a sensação que tomava esse rumo, porque, como sempre, eu sentia o medo de cair em um abismo.

A sensação era tão intensa que comecei a sentir falta de ar só de imaginar ver Nataly morta um dia. E ela não era uma pessoa que eu amava! Não, ela não era... Ela não era!

Paula Toyneti Benalia

Capítulo 11

"Dizem que a carta da jogada final nos recompensa com a felicidade, mas precisa-se saber o que foi apostado. O valor de um jogo se determina pelo valor da aposta."

(Diário secreto de Nataly, Londres, 1802.)

NATALY

Depois de visitar algumas residências à venda em Londres e outras que já eram de posses do clube, nada me agradou. Parecia que algo não preenchia os requisitos e não era pela falta de luxo. Eu nunca me importaria com isso, até porque luxo não faltava mais do que já tínhamos visto.

De braços dados com Pietro, entramos na oitava mansão do dia e senti que a paciência dele se esgotava.

— Precisa dizer exatamente o que procura, porque, por sua expressão, esta também não lhe apraz novamente.

— *Me* sinto sufocada — falei soltando seu braço. — Receio que nessas casas da cidade faltam verde suficiente para me alegrar e, por mais que não seja minha residência oficial, me sinto dentro do clube novamente.

— Por que não procuramos por uma casa no campo, não tão distante de Londres? Algo que poderíamos fazer uma viagem em poucos instantes de carruagem.

Uma palpitação de entusiasmo se acendeu em mim e fitei aqueles olhos verdes que me compreendiam como se me conhecessem como ninguém. Como eu não me compreendia.

Era isso! Uma casa no campo, árvores, um lago, ver o sol nascer sem nada se opondo... Era essa liberdade de que eu precisava.

Abri um sorriso caloroso em agradecimento e, depois de um dia cansativo, já tínhamos nossa futura residência escolhida. Ela era elegante, não tão grande como os castelos que se costumavam ostentar nos últimos tempos pela burguesia de Londres, mas o que condizia com o título de um conde. Fiquei grata por já estar praticamente toda mobiliada, o que facilitaria nossa mudança e adiantaria os meus planos.

Pediria que algumas das *petits* transportassem as minhas coisas e as de Pietro e dentro de um ou dois dias já estaríamos lá.

Na volta para a cidade, resolvi visitar Helena sem avisar.

— Isso é deselegante e inoportuno — Pietro comentou irritado.

— Creio não ser uma dama de bons costumes e acredito que não seja uma visita indesejada para Helena, nem você para George.

Pietro ergueu uma sobrancelha diante da declaração e respondeu secamente.

— No momento eu sou a pessoa que ele menos respeita em Londres. Graças a você, Lady.

— Pretendo resolver esse mal-entendido com ele, meu conde.

— Não creio que George seja esse homem que senta em um escritório e resolve questões com uma cortesã — ele rebateu desanimado.

Eu sabia o quanto aquela amizade era importante para Pietro e como tinha arruinado tudo para alcançar meus planos. Pretendia corrigi-la.

— Creio que um homem que se rende a uma mulher como Helena é capaz de muitas coisas.

O sorriso de aceitação dele foi o suficiente para saber que concordávamos em alguma coisa. Helena era uma dama da sociedade, mas era um escândalo em pessoa e George, sendo um duque, a aceitou como ela era, amando-a exatamente com suas excentricidades e defeitos. Aceitou inclusive que Helena seria minha sócia no clube, o que aconteceria em breve, quando se recuperasse da recente gravidez. Pietro, eu imaginava, não sabia dessa informação.

Quando a carruagem parou em frente à imponente mansão dos Misternham, Pietro parecia se retesar, ansioso.

Desci primeiro, encorajando-o.

Fomos anunciados e recebidos por George, que realmente não parecia amigável. A sua postura imponente, representando como sempre a figura de duque importante, de homem de pose elegante que era — diferente da despojada de Pietro — por si só já assustava.

— A que devo a visita repentina e sem hora marcada — falou rispidamente.

— Vim conhecer sua filha, já soube que é uma linda menina. Também rever minha amiga e conversar reservadamente com você — respondi.

Ele me encarou com receio. Podia perceber que não gostava da minha pessoa, nem das minhas atitudes e, principalmente, isso se devia por ter me casado com Pietro.

— Helena não está disposta hoje...

— Nataly... Por Deus!

E suas palavras foram interrompidas por uma jovem que desceu as escadas aos gritos. Não parecia ter dado à luz há poucos dias, carregando uma linda bebê nos braços. Quem não a conhecesse, nunca diria que era uma lady, uma duquesa.

Fui ao seu encontro e a abracei calorosamente. Nunca fui muito afetuosa, mas Helena era doce e sua amizade era algo que encantava.

— Não acredito que está aqui! Estou trancada nesta casa há dias sem ver ninguém a não ser George, que me prende feito uma criminosa. Pegue, segure Susan um instante.

Ao escutar o nome da filha de Helena, senti todo meu sangue congelar e paralisei. O nome da minha mãe me tocava de todas as formas e eu me senti incapaz de me movimentar para pegar a filha de Helena, que minha amiga a estendia, esperando por meus braços.

Não era um nome incomum. Mas então fiz a ligação com o nome de George, o duque de Misternham e as iniciais G M que mantinham entalhadas na única lembrança que minha mãe deixara e senti minha visão escurecer.

— Nataly, segure Susan um instante.

Respirei fundo, pensando na mera coincidência naquilo. George era o marido de Helena, mas era um homem que me repugnava. Não poderia ser. Peguei a pequena Susan nos meus braços e aconcheguei-a em meu peito, sentindo o cheiro maravilhoso que os bebês exalavam.

— Vou mandar servir um chá para todos nós — Helena anunciou.

— Não será necessário — comentei. — Eu preciso falar com George. Nossa visita não se deve demorar. Estamos de passagem e creio que se você puder ir me visitar em nossa nova residência, poderemos passar uma tarde juntas.

— Farão residência em outro lugar que não seja o clube? Oh, que notícia maravilhosa! — Helena festejou. — Sim, sim, vamos em breve. Quero sair daqui. Estou farta desta prisão. Mandei cartas para Marshala esta manhã. Vou voltar a desenhar.

Olhei para George, que a repreendia com o olhar, mas sabia que ele não tinha controle sobre Helena.

— Pietro, pode fazer companhia a Helena enquanto converso com

O DIA EM QUE TE TOQUEI

65

George por um instante? — pedi.

Olhei para os dois que sempre foram bons amigos e que agora estavam lado a lado e não trocaram nenhuma palavra.

— Confia em mim para ficar com sua mulher? — Pietro perguntou a George, sabendo que, entre os amigos, as convenções nunca foram importantes.

— Em você, não. Confio nela — George respondeu.

Pietro gargalhou como imaginei que fazia nos velhos tempos. Entreguei Susan, que dormia, de volta para Helena e George fez sinal para que o acompanhasse até seu escritório.

George deu as costas para mim assim que fechou a porta. Após um longo instante, virou-se.

— O que quer me dizer?

— Precisa perdoá-lo.

Ele atravessou o gabinete e ofereceu a si mesmo um grande copo de uísque, sem fazer o mesmo a mim.

— Já o perdoei.

— Não. Você não o perdoou. Você o culpa por muitas coisas e Pietro é inocente em todas elas. Eu falsifiquei os documentos que você recebeu naquela noite para que Vandick aceitasse se casar comigo. Ele é leal demais a você. Nunca o trairia dessa forma. E você sabe disso.

Eu não entendi por que George estava tão furioso. Tinha certeza de que sabia da lealdade de Pietro.

Ele deu um longo gole de uísque. Em silêncio, se sentou na imponente poltrona por trás da mesa e me encarou.

— Eu só quero que Pietro seja feliz e ele não vai ser com você. Não vai ser feliz no caminho que anda. Eu sei bem, caminhei como ele e me perdi muitas vezes até encontrar o caminho certo. A caminhada cansa, ela é cruel e eu não quero isso para ele. Eu o vejo perdido, olho nos olhos dele e o vejo sorrindo falsamente. Vejo gargalhadas carregadas de tristeza e não aguento mais compartilhar desses sentimentos com ele. Não aguento mais abraçar um Pietro que se afoga na própria desgraça.

— Então você o deixa perder o único amigo? Acha justo?

— Não. Eu me sinto péssimo e não sei como lidar com isso, porque nunca fui bom em lidar com as coisas, com amigos e amores. Helena foi a única que soube me ajudar com essas coisas. Quando recebi o papel, fiquei irado e não pude imaginar que Pietro pudesse fazer tal insensatez. Sabia que todas as suas noites terminavam com ele afogando as suas desgraças em clubes, bebidas, mulheres e jogos.

— O que aconteceu com ele? — perguntei, porque, de repente, salvar

Pietro era algo que se tornava minha inspiração. Uma necessidade, uma razão de viver.

— Se ele, como seu marido, não lhe contou, não lhe diz respeito. Mas devo dizer que nunca conheci alguém que perdeu tanto e que transforma tudo em sentimentos bons para os outros, e se degrada, se destrói. Pietro perdeu tudo que tem, acabou com a fortuna, não faz laços de amizades, não se apega a ninguém, não ama... Até nossa amizade parece ser frágil e o seu casamento, por Deus, foi com uma cortesã!

As palavras cruéis me atingiram, primeiro porque a mera possibilidade de ele ser meu irmão me machucava como uma faca cortando meu coração e depois porque, de alguma forma, eu me apegava a Vandick. Saber que nunca ninguém consideraria que eu seria mulher suficiente para ele era uma realidade cruel até para uma prostituta.

— *Me* desculpe — ele interveio. — Não tenho nada com isso. Você tem sua vida e Pietro fez as escolhas dele. *Me* desculpe.

— Não precisa se desculpar. Afinal, quando você frequentava o meu clube, por muito tempo as mulheres serviam muito bem a você, não é? Para se divertir nós servimos, mas para se casar somos repugnantes. Entendemos bem nosso lugar.

— Não quis dizer isso. Sabe muito bem que as convenções da sociedade pouco me importam — ele se explicou. — Helena é prova disso.

— Mas acha que Pietro poderia ter se casado ao menos com uma lady? Seu silêncio foi a resposta.

— Creio que era isso que tinha para falar com você, vossa graça. Espero que o perdoe, George. Ele sente sua falta e agora que Helena deve frequentar o Spret House algumas vezes a negócios, você poderia acompanhá-la até lá, ou à nossa casa se preferir, para que não suje muito a imagem dela, e fazer companhia ao meu marido. — Levantei-me, encerrando a resposta. Então resolvi perguntar o que me agoniava. — Posso lhe fazer uma pergunta pessoal? — Ele assentiu. — Você tem uma irmã que eu não conheça? Viva ou morta?

Porque eu conhecia George há tempos da sociedade, das fofocas, do clube, através de Helena e nunca tinha escutado falar de uma irmã. Seu olhar se escureceu e pude ver uma pequena prega se formando em sua testa. Por algum motivo, ele não gostara do questionamento.

— Antes de responder à sua pergunta, posso saber o motivo?

— Se você tivesse uma irmã, compreenderia melhor as mulheres e seria mais sensível aos sentimentos — menti.

— Então creio que já sabe a minha resposta, sabendo bem minha fama, senhorita Nataly. Não tenho irmãs para calamidade do mundo, nem viva nem morta. — Sua resposta foi seca, mas carregada de uma tristeza, como se lamentasse por isso. — E se for só isso, peço que se retire. Tenho coisas mais importantes a fazer que satisfazer sua curiosidade.

A pequena Susan de Helena era outra coincidência. Voltava a nada! Nenhuma pista sobre minha mãe. Nada!

Quando voltei para a sala, deparei-me com Helena debruçada sobre a mesa de centro desenhando em um papel e Pietro segurando Susan. Ele a ninava enquanto sorria com um afeto que chegava a doer o coração, porque exalava amor. E eu me perguntei se realmente ele exalava tanto amor ou perfeição assim, ou eu enxergava dessa forma, porque eu via um homem que, nos últimos dias, não tinha defeitos e os homens que eu conheci a minha vida toda eram carregados deles desde minha concepção. O homem que me concebeu não tinha valor algum, o meu avô não tinha escrúpulos, todos que me tocaram até hoje não mereciam sequer relar um dedo em uma mulher, então como era possível existir um homem que não pudesse ter defeitos?

Eram os meus olhos ou meu coração? Ou seria possível serem os dois? Que eu me protegesse de ambos...

Capítulo 12

"Dizem que o tempo supera tudo... ou ameniza as dores. Para mim, ele só fere com suas duras facadas de lembranças."

(Pietro, Londres, 1800.)

Segurei Susan enquanto Helena, empolgada, desenhava um vestido para Nataly, tudo porque, sem querer, comentei que daríamos uma festa para apresentá-la à sociedade como minha esposa. Segundo ela, seria a oportunidade perfeita para voltar ao trabalho.

Sempre achei George um babaca por se casar e ali, segurando sua filha, só pude pensar em como ele era um homem de sorte. Tinha uma mulher que o amava e uma filha linda. Em poucos dias, meu conceito de felicidade mudou tanto. Era estranho. Eu me sentia como se tivesse passado tantos anos daquele Pietro que se divertia só por ganhar uma rodada de pôquer.

— Nataly, veja o vestido que desenhei para sua festa. Creio nunca ter feito nada tão exuberante. Ficará encantadora. Minha nossa, eu estou tão ansiosa! Marque um encontro com Marshala para escolhermos o tecido.

— Quanta gentileza, Helena! Pode deixar. Agora vamos indo. — Nataly fez sinal para que me levantasse.

Esperei que Helena entregasse o papel para Nataly e devolvi o bebê para a mãe, grato pela pequena não chorar.

George apareceu na sala e, quando nos despedimos, ele me deu o aperto de mão caloroso de sempre.

— Venha nos visitar mais vezes. Estamos sentindo sua falta.

— Podemos ficar para o jantar? — brinquei e, sem conseguir me conter, o abracei.

George era um irmão. Minha única família. Olhei com cumplicidade para Nataly, agradecendo. Ela era responsável por termos nos afastado, mas saber reparar os erros era uma grande virtude do ser humano.

Dessa vez, quando voltamos para o clube, no silêncio da carruagem, foi minha vez de dizer obrigado.

— Não precisa me agradecer. — Foi sua resposta. — Não por corrigir meus próprios erros.

— Tem mais algum plano para mim hoje? — perguntei, mudando de assunto.

— Hoje à noite o clube costuma ser tranquilo. Devido à inauguração de ontem e como o cansei o suficiente por hoje, pode ficar livre para descansar ou jogar, se quiser, beber... Não sei o que gosta de fazer quando está livre.

Houve uma pausa e então ela deu um longo suspiro.

— Como sempre, estou à sua disposição no clube, de folga. — Assenti. Ela era controladora. Como isso me irritava! — Devo me ausentar se sentir necessidade? — perguntei.

— Não creio que seja pertinente — respondeu sem pestanejar.

Assenti, sabendo que discutir não era a resposta. Eu estava amarrado àquele contrato. A solução seria talvez me divertir e minha diversão era atormentá-la.

— Creio que vou me aventurar nas mesas de jogos, fazer dinheiro para então, quem sabe, comprar outra noite com você? — arrisquei.

Ela me encarou, tentando sorrir.

— A arte de ser dona do clube é que você trabalha muito mais que por dinheiro. E você escolhe se quer, se deseja e se importa — falou com voz branda.

E quando falava, não dava espaço para questionamento. Por mais que tentasse fazer isso, e eu o fazia para irritá-la, já sabia que era um guerra perdida. Ela comandava o mundo com um simples olhar.

— E se jogar comigo essa noite? Como dona do clube, pode escolher com quem joga e jogar com seu marido poderia ser um passatempo divertido, não acha? Principalmente por saber que terá um adversário implacável — provoquei-a, sabendo que era a única forma de fazê-la ceder.

Ela meneou a cabeça, pensativa.

— A que estaríamos jogando se dinheiro você não dispõe e meu corpo não está em jogo? — Numerou com os dedos.

Inclinei-me no banco da carruagem, ficando próximo às suas saias.

70   **Paula Toyneti Benalia**

— Talvez segredos? — indaguei.

Ela não perdeu tempo e se debruçou sobre suas pernas, deixando seu rosto mais próximo ao meu, mas meus pensamentos estavam em seus seios provocantes que saltavam do seu vestido indecente.

— Segredos? E por que o conde desejaria compartilhar segredos já que nunca os vi dividir com ninguém? Não acha um jogo perigoso?

Seus olhos brilhavam de excitação, gostando daquela aventura.

— Não pretendo compartilhar nenhum segredo com você, minha lady.

— Mas se me convidou para o jogo, seria deselegante desistir agora, *coeur*.

Deixei escapar uma risada. Se ela soubesse que meus segredos nunca eram compartilhados, nem com George... Eu entraria no jogo porque sabia que uma mulher era incapaz de ganhar de Pietro Vandick em um jogo de cartas.

— Eu não desisto de um jogo, Nataly — respondi. — Eu só não o perco para uma dama.

— Pensei que não precisasse de tão poucas coisas para se garantir — ela me provocou, voltando a se afastar, dando espaço para que eu vislumbrasse seus olhos que me encaravam como uma presa analisa sua caça.

— Pois bem, temos nosso acordo. — Estendeu a mão, que peguei e, mesmo por cima da luva, era como se sentisse o fogo que ela transmitia por sua pele.

— Lembrando que nos jogos da casa eu dito as regras — ameaçou.

— O bom jogador não as teme. — Pisquei.

Seria interessante, na verdade. A noite seria como escolher a melhor garrafa de rum e apreciá-la em pequenos goles.

Quando a carruagem parou abruptamente, pensei que para um casamento indesejado eu estava me divertindo nos últimos dias.

Fui para o meu quarto e de lá percebi quando a noite tomou forma e o clube começou a receber suas centenas de visitantes pelo barulho que chegava aos meus ouvidos.

Alguém bateu na porta. Pedi para entrar.

Era a jovem de sempre, que me servia no quarto quando precisava de alguma coisa.

— Com licença, senhor, madame Nataly o aguarda na sala privada do clube.

Nem sabia que existia uma sala privada naquele lugar!

— Pode me conduzir até lá? — pedi. — Costumo me perder neste lugar por não estar habituado ainda — me justifiquei.

— Com prazer. — Ela assentiu sorrindo.

Apaguei o charuto e acompanhei-a. Realmente me perderia, pois percorremos corredores e mais corredores de veludo vermelho até descer por

O DIA EM QUE TE TOQUEI

71

uma escadaria, em local escondido e silencioso, onde ela abriu uma porta que parecia pesada pela força que colocou para abrir e deu acesso a uma sala pouco iluminada.

Escutei a porta se fechar, encontrando Nataly de costas para mim, sentada em uma grande poltrona.

A sala não era muito espaçosa, mas era elegante como tudo naquele lugar. Preenchida por algumas mesas e poltronas para jogos, o que encantava era a riqueza de bebidas e charutos espalhados nos cantos para que o visitante pudesse passar a noite ali sem ser incomodado.

— Sente-se à minha frente. Creio que ficar de costas para seu adversário não seja uma boa ideia — ela falou, observando minha demora.

— Sua ansiedade por me ver não me parece ser uma boa qualidade para uma jogadora que pretende vencer — retruquei.

Atravessei na frente, sentando-me na poltrona que estava à minha espera. Cruzei as pernas e encarei-a.

Ela retribuiu o olhar de forma provocante. Sentada ali, parecendo ao mesmo tempo uma lady e a dona do mundo, notei que ao lado ela mantinha um charuto acesso. Segurava um copo de bebidas como só os homens poderosos o poderiam fazer, com os lábios vermelhos provocantes de sempre e as pernas cruzadas de forma ao mesmo tempo elegante e sensual.

As cartas já haviam sido distribuídas na mesa à sua frente, tudo impecavelmente organizado, e o vestido era de um tom roxo, extravagante como sempre. Os cabelos presos, deixando somente alguns fios soltos de seus ruivos, fizeram com que quase todas as partes do meu corpo se acendessem. Ela era o pecado em forma de gente. Era um misto com a forma exata de Afrodite, porque a deusa era algo que lembrava o sagrado com o pecado.

Engoli em seco, lembrando-me do intuito do que fazia naquela sala. Lembrando-me também de que olhava descaradamente para os seus seios, subi o olhar para os seus lábios que, dessa vez, tinham o contorno de um sorriso e terminei nos seus olhos, que brilhavam com o reflexo das velas.

— Sempre diz que nunca perde os jogos, *mon coeur*, mas assim como na noite em que o conheci, sei dos seus pontos fracos — comentou se debruçando sobre a mesa e virando as cartas.

A forma como fazia isso deixava seus seios à mostra de uma forma ainda mais indecente. Só então me dei conta de que aquilo nunca foi pensado para ser um jogo.

Era uma cilada!

A forma mais horrenda de me colocar em um calabouço, me amarrar e me açoitar para descobrir os meus segredos.

Por Deus, como eu poderia ser tão tolo?

Percebi que, como uma criança boba, uma gota de suor escorreu da minha testa. Afrouxei o colarinho da camisa, mas notei que já estava frouxo demais.

Movi-me na poltrona, assumindo uma postura despojada. Que tolo eu era!

Eram só os seios de uma mulher que eu já estava cansado de ver em centenas de outras. E era só um jogo infantil. Eu não falaria de coisas que não queria dizer em um jogo que inventara para provocá-la.

— Eu entro no jogo e entro para vencer — brinquei, fingindo um contentamento que já não existia.

Só então percebi quando ela mudou a posição das pernas, que o seu vestido tinha uma fenda aberta que ia até as coxas! Ela mantinha as pernas cruzadas para mostrar que estavam desnudas! Que não vestia espartilho! Nem meias! Nada!

— Você rouba como uma traidora da pior espécie que já conheci na vida — comentei com a ira espumando dos meus lábios. — E olha que já viajei por esse mundo e conheci o pior tipo de traidores!

— Sim, creio que já o tenha conhecido, Vandick! Isso incluindo você, não é, *mon coeur*?! — Ela voltou a encostar na poltrona, parou de falar por um instante para beber e então continuou: — Mas creio que você não seja de fugir de uma aposta, nem fraco a ponto de correr de um jogo. Ou isso seria medo de perder de uma mulher?

Fuzilei-a com o olhar, porque sabia exatamente o que fazia ali, como ela sabia cada passo que dava em sua vida, como soube me trazer para aquele casamento, como acertou na escolha do marido, como tudo... Ela acertava em tudo.

Aquela mulher nunca errava?, perguntei-me, porque eu me envolvia em cada olhar que dirigia a ela. Quando imaginava que daria uma rasteira nela, Nataly chegava e me jogava no chão sem nenhuma piedade.

Eu estava perdido. Eu estava acabado!

O DIA EM QUE TE TOQUEI

Paula Toyneti Benalia

Capítulo 13

"Um rei pode ser uma das cartas mais fortes do baralho e, em outro jogo, não ter valor algum. Porque não importa a carta, importa o jogo."

(Diário secreto de Nataly, Londres, 1803.)

NATALY

Do primeiro dia que observei Vandick, soube que mulheres sempre o fariam perder um jogo. Não importava quão bom ele fosse. Ele se distraia facilmente com um belo par de seios e isso justificava a perda de sua fortuna, que não era pequena! E ele não era um jogador ruim. Era esperto, bom no que fazia, mas era um homem com um defeito incorrigível e eu era uma mulher que conhecia muito bem a arte da sedução.

Sentar para jogar com ele e descobrir seus segredos era algo que me trazia um prazer, porque o passado de Pietro era obscuro e eu nunca gostava de conviver com coisas escondidas. Tinha a ficha completa de todos os homens que pisavam no meu clube e a ficha do meu próprio marido era repleta de lacunas. Aquilo me incomodava terrivelmente.

E, pelo visto, se expor o incomodava ainda mais. Ele parecia à beira de um colapso. E isso me instigava em demasia.

Distribuí as cartas e deixei que ele conduzisse o jogo, certa de que se não tivesse o controle, teria uma morte precoce.

— Cada ponto feito, um segredo revelado de cada um. Não vamos jogar para uma rodada final — comentei.

— Está com medo? — ele perguntou.

— Não. Eu não tenho nada a esconder, *coeur*. E, como disse desde o início, meu clube, minhas regras.

Ele assentiu, levantando uma das sobrancelhas como sempre fazia quando estava pensativo.

E, como se faz como todo bom jogador, eu o deixei se acalmar e perceber que o jogo era dele, ganhar a primeira rodada. Sua expressão se aliviou, as rugas da testa sumiram e o sorriso foi surgindo nos lábios. A confiança voltou a surgir.

— Deixe-me pensar o que posso perguntar. — Ele colocou a mão no queixo, pensativo. — Como vou saber que não está mentido? — indagou.

— Não vai saber — falei com sinceridade. — Terá que confiar em mim, *mon coeur*. Dou-lhe a minha palavra e garanto que ela vale muito mais do que as calças que veste.

Ele jogou a cabeça para trás e gargalhou.

— Imagino que sim, já que esta foi feita em um alfaiate de segunda quando a crise se apertou nos últimos anos.

Pensei que essa seria a primeira pergunta que faria: o que levaria um homem de natureza tão sagaz perder tudo pelo caminho? O que eu tinha certeza de que não era uma tolice. Tinha coisas por trás e eu apostaria minha vida nessa teoria.

— O que veste por debaixo do espartilho, Nataly? — ele perguntou de forma indecente.

Sim, ele não perderia a oportunidade de me desnudar em pensamentos e aquilo levava o jogo para uma brincadeira, algo que ele tentava desesperadamente fazer.

Mordi os lábios antes de responder e abri um sorriso.

— Nada! Nem *drawers*, nem *chemise*, *mon coeur*, o vestido foi feito especialmente para noites importantes e dispensa o uso de espartilho.

Sua testa se enrugou e ele abaixou a cabeça. Quando a levantou para me encarar novamente, seus olhos brilhavam de excitação.

— E essas noites importantes se devem a cavalheiros como seu marido, ou homens que dispensam fortunas? — perguntou.

— Uma pergunta, *ma petit*, uma pergunta apenas — eu o adverti.

Virei as cartas novamente, esperando-o escolher as suas pela preferência da vitória anterior.

E, como previsto, tudo que Pietro conseguiu fazer foi olhar para o meu vestido, imaginando possivelmente como ele era estruturado o suficiente para a ausência de espartilho e se eu dizia a verdade.

Sua primeira derrota o abalou profundamente. Seus olhos se escureceram, como se soubesse o que eu perguntaria.

Antes de qualquer pregunta, percebi que ele merecia se explicar antes de ser obrigado a qualquer interrogatório.

Perdi o sorriso, a malícia, sabendo que entrava em um lugar obscuro. Com sentimentos não se jogava e seriamente perguntei:

— Por que não falar do passado?

Depois de um longo silêncio, ele suspirou.

— Quando você se fere de forma muito profunda, se acostuma a colocar panos sobre a ferida, ou mesmo quando as deixa expostas, não seria muito doloroso se algo a perfurasse novamente? — perguntou-me, mas não esperava por uma resposta. Ele indagava a si mesmo. — Feridas do passado, quanto mais se relembra, mais são como um machucado. A dor volta de forma feroz e se cicatriza. Por que perfurá-la novamente?

Seu olhar dessa vez assumiu um tom triste. As palavras faziam sentido, mesmo sendo diferentes do meu modo de pensar. Sempre pensei que se deixasse as memórias de minha mãe no passado, ela seria esquecida, tudo apagado e não, aquilo não poderia ficar no passado!

Entretanto, as feridas nunca cicatrizavam, porque me lembrar do passado realmente fazia aquela dor sangrar pelo meu coração.

— Não pretendo perguntar nada sobre o seu passado, *mon coeur* — falei em compreensão. — Se isso o faz se sentir melhor...

Deixei que as palavras morressem, sabendo que o jogo, que sequer começava, terminava ali.

— Pode me dizer por que falar do passado? — ele perguntou.

— Ao contrário do que pensa, creio que relembrar é uma forma de manter as pessoas que se foram vivas de alguma forma, presentes na memória.

Lembrei com melancolia do sorriso de Susan. Tanto tempo havia se passado e parecia que ela estava ali, sorrindo ao meu lado quando ainda era forte, quando não precisava lutar para se manter viva naquela cama, quando contava histórias para eu dormir, falava de poesias, viagens que sonhava fazer comigo, do irmão que amava...

Desviei o olhar de Pietro, as lembranças eram minhas e elas se expressavam no meu olhar naquele momento.

— Nataly, conheço você há poucos dias, mas sei que é uma mulher que não desiste das coisas que busca. Sei que vai me atormentar até descobrir tudo sobre o meu passado. Se não for por mim, vai revirar minha vida de alguma forma, vai me constranger de alguma maneira — ele falou de maneira serena. Não tinha raiva na sua voz, mesmo eu sabendo que aquele era o seu sentimento. — Então eu prefiro que saiba por mim e que enterremos aqui nesta sala os meus mortos — ele pediu.

Olhei para ele novamente, percebendo que, na verdade, implorava

O DIA EM QUE TE TOQUEI

77

com o olhar.

— Não, *mon coeur*. Está enganado. Eu não vou obrigá-lo a falar sobre um assunto que não está disposto. Prometo não tocar nesse assunto. — garanti.

Ele balançou a cabeça.

— Toda vez que me olhar, sempre vai procurar por vestígios. Vai sempre se perguntar e isso vai lhe consumir. Foi assim com George e será assim com você, minha lady. Mas, assim como ele, depois que lhe contar, está proibida de tocar no assunto e de partilhar com alguém. Posso ter sua palavra?

Encarando com olhar expressivo e franzindo a testa, esperou por sua resposta.

Levantei-me, não querendo compartilhar dos seus segredos, não por não saber guardá-los! Eu sabia muito bem carregar os segredos de uma Londres inteira. Por que não carregaria os de meu marido? Ele já me olhava com tanta dor que eu simplesmente me arrependi de estar naquele lugar, de mexer em suas feridas. Não estava disposta a escutar o seu sofrimento. De repente, ver Pietro sofrer se tornou algo que fez alguma coisa se partir dentro do meu ser.

— Fique tranquilo, Pietro — falei com uma tranquilidade que eu não tinha no momento. — Não estou interessada em seus segredos. Não mais.

Dei-lhe as costas, sabendo que a noite que mal começava estava terminando.

— Volte, Nataly — ele falou rudemente, com uma autoridade que nunca demostrava. Pietro era sempre gentil e calmo. — Agora vai ouvir até o final e vai levar até a sua morte o que escutar esta noite.

Parei, pasma com sua reação.

Suspirei e me virei para ele.

— E não me olhe com espanto e nem piedade. Não há nada de absurdo no que vou lhe dizer, apenas mais uma história triste como outra qualquer que ouve nas noites em que os homens bebem além da conta.

Fiz menção de me sentar, ele estendeu as mãos.

— Não tem necessidade. — Ele se levantou, ficando próximo a mim. — Não vamos partilhar bebidas e nem jogar cartas, afinal. Creio que a morte não precisa de muitas honrarias para ser discutida.

— Eu... — tentei dizer algo, mas as palavras também foram interrompidas.

— Foi um dia qualquer, eu era o irmão mais velho. Não muito mais velho. — Sorriu ao lembrar. — Dois anos mais velho que Oliver e Thomas, gêmeos idênticos só na aparência. Oliver adorava uma bagunça, já Thomas era medroso e eu precisava pegar na mão dele até para ir ao jardim. Papai se irritava com isso. Mamãe achava adorável. Dizia que homens sensíveis eram os melhores.

Fechei os olhos por um instante, imaginando aquela família. Como eram felizes e como Pietro perdeu tudo...

— Era como se Thomas pressentisse alguma coisa naquele dia. Ele era o mais sensível, então era possível... — ele comentou me olhando, sorrindo, mas não era um sorriso feliz. Tinha dor. — Porque ele apertava minha mão demais quando saímos e eu cheguei a ficar bravo com ele. Era irritante para uma criança. Então, em um determinado momento, ele olhou para mim e disse: "Pietro, você sempre vai segurar minha mão, não é?". Ele só tinha sete anos. E eu, mesmo com nove, prometi; jurei, na verdade.

Coloquei minhas mãos juntas e as apertei bem, já sabendo o final da história. Eu não queria... não queria escutá-la. Queria fugir dali, sumir daquele lugar. Estava me odiando por fazê-lo reviver aquilo.

— Naquela tarde, implorei que meu pai nos levasse a um passeio na cidade. Eu amava quando ele fazia isso. Ele trabalhava tanto e quando colocava toda a família dentro da carruagem e íamos para Londres era divertido... — Ele fez uma pausa, como se procurasse as palavras certas. — Era como se ele se despojasse daquele homem cheio de regras e fosse o pai divertido que conhecíamos. Eu só queria aqueles momentos felizes. Era só isso. Ele insistiu que não fôssemos. O tempo se fechava para chuva. Eu insisti! Ele cedeu...

As últimas palavras se perderam em um olhar de culpa que atravessou seus olhos e então eu compreendi. Não era só uma perda. Por Deus! Aquele homem, aos nove anos de idade, se culpou pela morte de toda a família. E, quando o olhei de volta, ele me encarava, mas seu olhar não estava mais ali. Era como ele estivesse lá novamente, no dia do acidente, porque enxerguei tanta dor e tanta culpa que sem que me desse conta, senti uma lágrima escorrer dos meus olhos, mas a sequei rapidamente, escondendo meu orgulho.

— Entramos na carruagem. Todos nós ríamos muito. Era tão divertido os nossos passeios em família... — Ele gesticulava como se eu não estivesse mais ali. — Sentei-me no banco da frente entre meus irmãos, e meus pais se sentaram ao nosso oposto, de mãos dadas como sempre. Ah, aquilo que eles tinham era amor! Um amor que nunca vai existir. E a chuva veio como previsto. Um temporal que eu nunca vi na minha vida. Os trovões, os raios, a carruagem encalhada... Os cavalos se assustaram e ela foi ribanceira abaixo. Thomas segurou na minha mão até o último instante. Fomos dos risos aos gritos. Eu lembro de que não gritei para não assustá-los e apertei tanto para me segurar que é como se sentisse o gosto de sangue na boca

O DIA EM QUE TE TOQUEI

até hoje. E, quando tudo parou, eu fiquei dentro da carruagem e Thomas ficou comigo, suas mãos ainda segurando as minhas. Eu não as soltei, mas elas estavam geladas, cada vez mais geladas... e Oliver, Oliver gritou por socorro durante horas e eu estava preso sem poder ajudá-lo. Eu só precisava me soltar e ir ajudá-lo. Estava paralisado, não conseguia me mover.

Eu queria que ele parasse, as lágrimas cobriam meu rosto. Eu as sequei com a manga do vestido e não o encarei mais. Por vergonha e por medo de ver a sua dor. Ele contava sem respirar, sem dar uma pausa e eu tentava imaginar a dor dele, daquela criança.

— Eu chamei por Thomas, mas ele não respondeu. Chamei por todos eles e só Oliver que pedia socorro. Os outros não responderam mais. Depois tentei esquentar a mão dele quando a noite chegou, mas foi impossível. E não encontrei os outros na escuridão. Quando o dia amanheceu, ninguém tinha chegado ainda, mas pude ver que Thomas estava morto e fiquei segurando sua mão por mais um dia, até alguém aparecer. Os gritos de Oliver cessaram e, como ele não estava dentro da carruagem, achei que tinham vindo salvá-lo primeiro. Mas, quando me tiraram de lá, pude ver os corpos dos outros três estirados. E foi assim que matei toda minha família. Não socorri Oliver por pavor, porque fui covarde e talvez, se eu tivesse tentado, eu o teria salvo. E é assim que você descobre que nada importa sem eles, que as terras não têm valor, que as propriedades são vazias e que você não deve se apegar a mais nada. É assim que você descobre que as palavras têm poder, que um pedido pode mudar tudo, que ninguém no mundo vai segurar sua mão e te deixar seguro, te levar para casa... E é isso, *Nataly*.

Assenti sem olhar, mas demostrando que estava ali, que o compreendia.

E então, sem entender como alguém poderia perder tanto e ainda distribuir tanto afeto, fui surpreendida por dedos quentes que secaram as lágrimas silenciosas que desciam pelo meu rosto.

O homem de coração em pedaços me consolava...

Senti meu coração dar um pulo dentro do peito. Era uma mistura de ternura, compaixão, dor e...

Sem querer os outros sentimentos, deixei-me ser consolada. Eu, que me sentia tão forte, que nunca demostrava as minhas fraquezas, de repente estava diante de um homem com uma sensibilidade tão grande. Ele tentava me desnudar com sua forma torta de ser e conseguia despir a cortesã, a Afrodite...

Ali, eu era só a Nataly que perdeu tudo e se encontrava com alguém que sabia exatamente o que era essa dor.

Seus dedos dançavam livremente por minhas bochechas molhadas e, quando o olhei novamente, seus olhos brilhavam de lágrimas não derramadas.

— Não faça isso comigo, *criança*. Eu lhe garanto que não dói como antes e vê-la chorar por mim... vê-la chorar é algo que não me faz bem — ele falou em tom baixo, como só ele tinha, como só ele faria.

Abri um sorriso tímido, envergonhado e ele correspondeu. Quando o fez, seus olhos se apertaram e uma lágrima pingou dos seus longos cílios negros, pousando inesperadamente nos meus lábios. E ele novamente as secou, mas dessa vez não foi com os dedos e sim com seus lábios.

Paula Toyneti Benalia

CAPÍTULO 14

"A esperança é uma crença emocional de que o futuro será melhor. Mas para se ter esperança, precisa-se de perseverança e não de uma garrafa de Bourbon."

(Pietro, Londres, 1779.)

PIETRO

Deixei meus lábios tocarem os seus até sentir o gosto salgado das suas lágrimas misturado com o das minhas. Então me afastei, porque sentimentos fortes levavam a caminhos perigosos, porque um beijo nunca seria o suficiente e porque eu não trilharia esse caminho. Estava satisfeito em ter o que me aprazava.

Olhei nos seus olhos, acariciei seus cabelos e deixei um beijo em sua testa como sinal do respeito que tinha por ela, mesmo com nossas diferenças e apesar de todas as circunstâncias.

— Fique com os sonhos, eu vou partir com os meus demônios.

Fiz uma reverência, porque ela merecia. Estava linda, digna dos deuses, e era forte, destemida e dona de um amor que trasbordava. E saí, dando-lhe as costas antes que desistisse de ir além e avançasse por aqueles lábios que me levariam a um caminho que não conhecia o final; um caminho escuro que eu não desejaria entrar, porque até não previa, mas não sabia onde me levaria.

Sem querer me afundar em lembranças, não fui para o quarto. Segui para o clube que àquela hora estava barulhento e seria o melhor remédio para a minha alma perturbada.

Escolhi uma mesa mais distante do palco, que naquela noite apresentava uma peça com as mulheres do clube.

Fiz sinal para que me trouxessem uma garrafa de Bourbon, porque um copo não seria suficiente.

Prontamente fui atendido e fiquei sentado, virando pequenas doses da bebida que aliviava o que me atormentava enquanto me divertia com as danças, o barulho, as mulheres lindas que por ali desfilavam...

A noite começou a melhorar quando a garrafa já estava pela metade e tudo que eu conseguia fazer era gargalhar como os outros.

Decidi que estava bom por beber naquela noite. Costumava conhecer meus limites, mais uma dose e precisaria de alguém para me carregar para o quarto.

Quando me levantei da cadeira, senti a leve tontura e me apoiei na mesa por um instante.

Senti então que precisava de uma mulher, desesperadamente. Fazia tantos dias que estava sozinho que naquela noite me pareceu certo ter companhia, que não seria da mulher que eu desejava! Não! Aquela eu não tocaria, porque nunca a machucaria.

Olhei ao redor e encontrei Liz, uma jovem que não deveria ter mais que dezoito anos e tinha um olhar meigo por trás da postura de cortesã que adquiria no clube.

Dei alguns passos até ela e me abaixei perto do seu ouvido.

— Pode me ajudar a chegar ao quarto, pequena mulher. Eu estou embriagado e necessito de ajuda — falei com malícia.

Ela me olhou espantada. Eu nunca tinha procurado uma prostituta desde que cheguei e era marido de Nataly.

— Lorde, creio que só poderei ensinar o caminho, não mais, me desculpe.

— Estou autorizado a dormir com todas vocês — falei debochado. — Não é o melhor casamento que se pode conquistar? Vamos subir. — Peguei no seu braço.

Ela se desvencilhou e procurou por alguém.

— Não estou disposta, senhor Vandick. Compreenda — implorou com um desconforto no rosto que era visível.

Irritado pela noite e por Nataly me dar carta branca para o clube e não avisar suas mulheres, ajudei-a a procurar. Sabia de quem estava atrás.

— Ali. — Apontei para a minha dama de fogo, que estava conversando com um cavalheiro e rindo do que ele dizia.

Senti um mal-estar pela situação. Ela nunca deixou claro se continuaria a se deitar com os homens que a procuravam no clube e eu não tinha dinheiro, direitos e nem intenção de mantê-la comigo.

— Vamos indagar à senhorita Nataly a respeito do nosso acordo. Venha, Liz... — implorei.

Estava cansado. Queria ir para o quarto com alguém, esquecer a noite.

Sem que ela pudesse se manifestar, peguei sua mão e a arrastei até onde Nataly estava.

— Preciso falaarrr com você, Nataly. — Só então percebi que minha voz estava estranha. Creio que, na verdade, tinha perdido o limite para a bebida.

Ela parou de falar com o velho asqueroso e me olhou... me olhou com pena.

— Ahhhh, não, *ma petittt*, não me olhe dessa forma. — Estendi a mão e acariciei seu rosto, que ficou doce demais com aquele olhar.

— Pietro, está bêbado, querido — ela falou sorrindo falsamente e, mesmo em tal estado, eu conseguia compreender seus sentimentos. Nossa! Eu estava ficando muito sensível quando o assunto era Nataly! Nada bom! Nada bom, inferno! — Venha, devo acompanhá-lo ao seu aposento, querido. Desculpe-me, Lorde Gerdal, devo acompanhar meu marido esta noite. — Ela se virou e pediu desculpas para aquele homem, que, por algum motivo, começava a me irritar.

— Não se preocupe em dispensar seu lorde, *mon amour*. — Eu estava misturando sotaques. As coisas estavam confusas. — Vou com Liz para o quarto. Eu só preciso de sua autorização, minha dona. — Pisquei os olhos para ela.

Seu sorriso se fechou dessa vez. Ah, agora ela estava irritada.

— Creio que não está em condições de fazer escolhas esta noite, *coeur*. Deixe que o acompanho, Liz. Outra noite você tem minha permissão para acompanhá-lo.

Pegando gentilmente no meu braço, deixei-me ser conduzido por ela.

— Sabe que terá que fazer o que Liz faria esta noite, não sabe? — indaguei sarcasticamente. — E ela não só me mostraria o caminho.

Gargalhei com o meu próprio comentário.

— Sim, ela teria que ajudar com o banho, acredito, e talvez colocá-lo na cama. Você está bêbado, Pietro, tropeçando nos próprios pés.

— Sim, e me despindo, *ma chérie* — falei, encarando-a seriamente, o que se transformou em outra gargalhada no instante seguinte.

Rapidamente já estávamos em meu aposento. Ela fechou a porta e me encarou seriamente.

— Creio que pela manhã não deva se lembrar de muitas coisas desta conversa, então devo dizer que está enganado achando que uma garrafa de Bourbon aplacará suas dores e que outras mulheres em sua cama curarão suas feridas. Está percorrendo o caminho errado, Pietro, e sinto tanto por isso, muito mais do que gostaria.

Suas palavras realmente eram belas, mas tudo que eu desejava era desabotoar a camisa e isso estava difícil naquele momento. Meus dedos não me obedeciam.

— Pode me ajudar, não pode, minha lady? — pedi.

Ela se aproximou e começou a soltar os botões, um por um, com agilidade.

— A facilidade de quem está acostumada a fazer sempre este trabalho — comentei achando engraçado.

Seus dedos pararam no mesmo instante e ela me encarou com dor nos olhos. Mesmo bêbado, eu compreendi seu olhar.

— E você tem a facilidade de ser o idiota, embriagado ou não. Creio que esteja em condições de terminar sozinho.

Dando-me as costas, ela saiu furiosa, batendo com força a porta do quarto.

Senti que era melhor que partisse. Não deveria ser bom ficar embriagado e ao lado de alguém que desestabilizava todo meu corpo.

Se ela se magoara? Ah, a mágoa das damas costumava passar com facilidade.

Deitei-me na cama sem me despir, eu não tinha condições e nem estava com vontade. Adormeci, feliz por estar embriagado.

O dia amanheceu e trouxe a sobriedade, as dores de sempre, um clube para gerenciar. Depois de muita relutância, me encontrava sentado no escritório olhando para muitos papéis que me esperavam.

Passei horas trabalhando e comecei a me preocupar quando não vi Nataly entrando, gritando comigo e colocando defeitos nas minhas ordens como sempre fazia.

Passei as mãos pelos cabelos, imaginado se ela ainda estaria magoada. Levantei-me e, abrindo a porta do escritório, gritei por alguém. Emily apareceu rapidamente.

— Pode me dizer onde está Nataly?

— Senhor, ela disse que tinha coisas para resolver na cidade e saiu bem cedo. É tudo que sei.

Assenti e a dispensei.

Eu estava criando laços com Nataly. Sem perceber, ela era, de alguma forma, importante na minha vida. Eu me preocupava com o que ela pensava, com o que sentia, com as coisas que fazia. De um instante para o outro a ausência dela se tornou incômoda. Eu conhecia seus olhares, sabia interpretar suas falas, era insuportável!

Para um homem que não estava propenso a se apegar a ninguém, eu tinha me apegado terrivelmente a minha própria mulher.

Em um instante eu jurava vingança. No outro, tentava levá-la para a cama. Depois de um dia, prometia a mim mesmo que era um erro, que o caminho era sem volta e que, se fizesse isso, a machucaria. Era como uma luta constante e eu nem sabia mais quem era o inimigo. Não tinha ideia contra o que lutar e sentia como se cada dia estivesse perdendo a guerra ou então mais próximo da vitória. Era controverso. Estava me sentido perdido.

Voltei para o escritório e comecei a procurar por uma caixa onde Nataly guardava todos os títulos dos sócios do clube. Estava pensando em verificar se alguns dos homens importantes que nos davam muitos lucros ainda não era membro e iria lhes fazer uma visita e um convite pessoalmente.

Nataly era muito organizada com todos os documentos da Spret House e me encantei em ficar olhando todas as caixas.

Admirava-me a forma como ela tomava conta de tudo, de como transformava aquele clube em algo importante sem ajuda de ninguém. Ela era única e eu queria fazer parte daquilo não mais por obrigação. Eu queria mostrar ao mundo o valor da minha mulher.

Olhando para tudo aquilo, o medo de perder não me pareceu mais tão avassalador quanto o de estar perto dela e, pela primeira vez em muito anos, senti esperança. Estava com medo, mas tinha esperança!

O DIA EM QUE TE TOQUEI

Capítulo 15

"Você pode ter certeza da jogada final. Estar com todas as cartas que precisa na mão. Mas alguém aparece com cartas na manga, blefa e ganha o jogo. O controle está além do que se vê, e não se pode dominar tudo. Principalmente em jogos. Você pode estar no topo e, no instante seguinte, ser destruído por um injusto. Nada está definido até que o jogo termine."

(Diário secreto de Nataly, Londres, 1803.)

NATALY

As coisas começaram a fugir do controle depois que Pietro confidenciou seus segredos. O que era só para ser mais uma forma de domínio para minhas anotações se tornou a dor mais profunda da minha alma.

E depois surgiu meu marido bêbado, querendo dormir com outra e o simples fato de ele desejar outra mulher fez meu sangue ferver e minha alma se derramar. E, completando minha desgraça, meus dedos o tocando, tirando sua roupa e suas palavras me desprezando a seguir... era insuportável.

Insuportável saber que ele tinha tanto poder sobre mim. Que seu olhar era suficiente para fazer meu coração parar, que seu toque era como uma vela se aproximando do meu corpo, que suas palavras eram como uma faca afiada que tinha o poder de machucar, que sua respiração era como a brisa em uma noite quente. Eu tinha vontade de fechar os olhos e me perder nela pelo resto da vida.

Era insuportável pensar que ele tinha esse poder sem nem me tocar. Quando seu olhar cruzava com o meu, era como se ele soubesse exatamente os meus pensamentos, conhecesse os meus sentimentos e eu, que era dona da arte dos disfarces, sabia sorrir quando estava triste e chorar quando tinha vontade de gargalhar.

Terrivelmente insuportável era saber que não era dona dos meus planos, eles me escapavam por entre os dedos como cavalos raivosos, que não obedeciam ao cocheiro, e insistiam em levar a carruagem para a ribanceira. Eu havia traçado planos perfeitos para aquele casamento e me encantar por um homem que não estava interessado em se envolver com a esposa não estava em nenhum deles.

Irritantemente insuportável era saber que passara o dia todo fugindo dele atrás de Marshala, desenhando vestidos com Helena e decorando a minha nova residência, mas, mesmo assim, ele não saía dos meus pensamentos. Era uma doença, uma chaga que consumia meu cérebro e contaminava minha vida. Eu estava perdida em uma cilada que tinha construído com minhas próprias mãos.

Quando o dia terminou e voltei para o clube, decidi que precisava ter em mente minha vingança, a busca pelos culpados do triste fim de minha mãe e isso sim me manteria longe daquele homem. Mas, quando meus pés adentraram no salão ainda vazio do clube, meu olhar se cruzou com o seu e insuportavelmente fui atraída para aquele mar de perdição.

Seu sorriso se abriu, como se na penumbra daquele salão algo se iluminasse, uma das suas sobrancelhas se levantou, algo que ele fazia irritantemente todas as vezes que tentava ser charmoso, e que o deixava incrivelmente lindo. Essa era uma certeza que eu tinha todos os dias.

— Você chegou, minha lady, que saudades senti! — falou caminhando em minha direção.

Parei, porque não queria sua aproximação, porque isso não era o que havia planejado instantes antes.

Ele continuou caminhando sem me dar espaço suficiente para respirar. Era isso que Pietro fazia. Roubava meu ar. E, por algum motivo, ele estava propenso a fazer isso naquele dia.

— O que deseja? — perguntei, porque era vivida o suficiente para saber que tinha alguma intenção.

— Oras, não sentiu saudades de seu marido durante todo o dia em que se ausentou? — perguntou de forma irônica.

— Não, meu lorde, na verdade, senti alívio por não ser incomodada.

— E a que devo o seu desprazer? — rebateu.

— Ao fato de que andamos próximos de forma demasiada, e que não foi esse o combinado. Creio que vou mudar a forma como planejei o nosso contrato. A casa que comprei no campo será a princípio só para minha moradia. Vou mantê-lo no clube, cuidando dos negócios e o chamo quando desejar. À noite, devo estar sempre por aqui e, nas festas, você comparece — expliquei.

Era a melhor forma de manter distância. Eu precisava de ar. Ares do campo e o dos meus próprios pulmões. Com Vandick ao meu lado isso era incapaz de acontecer.

Esperei por sua resposta assertiva que veio através de um sorriso depois de um longo silêncio.

E então, em um movimento repentino, que eu jamais teria esperando, ele se aproximou dos meus lábios.

— Está me exilando, me punindo, ou se punindo, *meu coração?*

A tradução de *mon coeur* fez com que as palavras tivessem uma força maior e aquilo atravessou toda a minha pele, chegando em alguns lugares que eu talvez nem lembrasse que existissem em meu corpo.

— Não me parece justo você me afastar agora que começamos a nos dar tão bem — continuou sussurrando perto dos meus lábios. — Eu imagino que se compartilharmos o mesmo teto, as coisas saiam do seu controle e você termine nos meus braços. Seria esse o seu receio?

Eu precisava me afastar, correr, fugir dali e buscar o ar que ele me roubava. Mas eu não era uma garota de quinze anos. Era uma mulher que já tinha ensinado a arte do amor para metade dos homens de Londres!

— Por favor, *coeur*, lembre-se de com quem está falando. Acha mesmo que uma mulher como eu perderia o controle por causa dos simples toques seus? — Joguei a cabeça para trás e gargalhei. — Precisaria nascer de novo, pobre criança.

Seus olhos faiscaram de raiva e desejo. E meu corpo tremia para tentar manter o controle.

— Então não terá problemas em ter o seu marido morando com você. Um conde não abandonaria sua lady em casa. Isso seria um escândalo.

— Um conde não se casa com uma cortesã — rebati.

— A sociedade não sabe quem é você, Nataly, não é isso que quer? Que a apresente como uma dama mesmo já tendo dormido com todos os cavalheiros de Londres e correndo o risco de ser reconhecida em qualquer festa?

— Os homens nunca olham para o rosto de uma prostituta. Nunca prestam atenção e, ao olhar para uma lady, não a reconhecerão. E, mesmo que reconheçam, garanto a você que não farão o mínimo de questão de abrir a boca.

— Então amanhã estarei em nossa casa e na sua cama. — Ele piscou.

O DIA EM QUE TE TOQUEI

91

— Nunca na minha cama — garanti.

— É uma questão de tempo — acrescentou em seguida.

— Tempo para você perceber que nem pagando me terá. E não entendo o que lhe faz me que querer tanto agora. O que mudou? Quer aquilo que não pode ter?

— Talvez. Ou provar aquilo que todos dizem ter o sabor do pecado — ele comentou, ferindo-me.

Seu charme me tocava e me feria ao mesmo tempo. Era como o fogo que te aquecia, mas em demasia te feria.

— Eu creio, Pietro, que sua vontade é um capricho para cumprir a promessa que me fez ao ver as lágrimas rolando em meus olhos quando aceitou se casar comigo. Não se iluda — garanti a ele. — Já fui ferida o suficiente e não há nada neste mundo que possa me derrubar, muito menos um homem.

— Vamos fazer outra aposta — ele me desafiou.

Balancei a cabeça em negativa, sem acreditar que ele me colocava naquele jogo novamente.

Ele assumiu uma expressão sarcástica.

— Vamos deixar as apostas para quem pode pagá-las.

Os lábios dele se torceram em um sorriso torto.

— Não se cansa de me denegrir. Eu não me importo. Acho que isso a deixa cruel e linda. Mas me dê um mês. E farei ao contrário do que se faria normalmente.

— Um mês para quê, conde? — perguntei curiosa.

— Você é uma cortesã e eu, um libertino. Nosso casamento é um arranjo de negócios. Deixe-me cortejá-la por um mês como se não fôssemos casados. Vou fazer a corte e se me achar digno, como já sou seu marido, faço as honras e a levo para a cama.

Olhei-o pasma! Aquilo só poderia ser um deboche!

— Qual sua intenção, Pietro? Por que motivo se colocaria nessa posição de me cortejar por um mês? Pode ter qualquer mulher que desejar do clube, lhe dei esta liberdade, sabes disso.

Eu não compreendia. Aquilo era insano, doentio!

Ele se aproximou do meu corpo, me deixando sem ar novamente.

— Creio que, com sua experiência, sabes exatamente o que meu corpo sente por você.

Respirei fundo, buscando encher meus pulmões, sentindo o pulsar do seu desejo perto do meu corpo.

— Eu desejo você e se para tê-la precisarei cortejá-la por um mês, já que não disponho do que os outros homens que a levam para a cama lhe oferecem, eu o farei. Deixe-me tentar. Se sou tão inofensivo, não corre grandes riscos. Não é?

Seus lábios roçaram meu pescoço e fechei os olhos, deliciando-me com a sensação, perdendo-me com seu cheiro. Então me dei conta do que fazia e me afastei.

— E se perder? — eu o desafiei, porque gostava de tentá-lo mesmo sabendo que era um jogo perigoso.

— *Me* diga você o que deseja, Nataly!

— Que desista — falei. Eu daria o que ele me pedia e depois retornaria à minha paz de sempre.

Eu precisava daquilo, da minha paz para cuidar dos meus negócios, para continuar a procurar por minha família. Era como se tudo se perdesse com Pietro, como se todas as coisas não tivessem importância desde que ele apareceu. Ao invés de chegar para me ajudar, fizera exatamente o contrário. Ele desestabilizava tudo.

— Temos um acordo — ele respondeu sorrindo.

— Eu não entendo você — comentei. — Suas incoerências, Pietro. Vai desperdiçar um mês da sua vida só por um capricho de ter a mim.

— Preciso de um mês para provar a você que não é um capricho.

— O que sou então? — perguntei sem compreender.

— Compreenderá quando a aposta terminar. Amanhã deixe seu dia livre. Tem um passeio comigo.

Ele piscou e saiu me deixando com meus pensamentos e dúvidas. Tinha feito a melhor escolha? Depois de um mês ele me deixaria livre se perdesse a aposta? Mas ele perderia? E se perdesse, essa liberdade seria a que preço, presa a um casamento que me roubava o ar? Livre de um homem que me prendia até a alma?

Paula Toyneti Benalia

CAPÍTULO 16

"Se me perguntassem qual minha cor preferida, eu diria que o preto... mas, em algum instante, se tornou o verde... Sem permissão."

(Pietro, Londres, 1803.)

PIETRO

Tinha enlouquecido, mas decidido a viver sem pensar no amanhã. Eu estava livre, livre para viver sem aqueles pensamentos me sufocando a cada instante. No momento eu só pensava em conquistar Nataly, em mostrar para aquela mulher o valor que ela tinha, como merecia ser cortejada.

Passei na cozinha do clube, roubei algumas comidas prontas e coloquei dentro de um guardanapo de pano. Fiz uma pequena amarração e mandei que preparassem a carruagem. Quando Nataly desceu, já estava tudo pronto e ela nem fazia ideia de onde íamos.

— Bom dia, *mon coeur* — ela falou sorridente.

Vestia uma seda azul-marinho que a deixava elegante e extravagante como sempre.

— Não tomou seu desjejum, não é? — perguntei.

— Recebi ordens para não me alimentar. Parece-me que anda dando ordens no clube — falou achando graça.

— Na verdade, contei o segredo do nosso passeio e elas acharam a maior graça.

— Quantos segredos! Já não basta os que o clube carrega? Pois vamos logo. Eu estou com fome e você não faz ideia de como fica o meu humor quando não me alimento.

Entramos na carruagem e ela parecia diferente naquela manhã. Feliz, sem as preocupações do dia a dia.

Nós nos afastamos da cidade e os ares do campo começaram a mudar o meu humor também. Quando o coche parou no lugar escolhido e abri as portas, ela se vislumbrou com a paisagem. Era um lago, rodeado por mata verde que ficava escondido nos arredores de Londres.

— Que lugar deslumbrante, Vandick! Parece-me que quer me cortejar no meio da mata — ela falou sarcasticamente.

— Duvida das minhas intenções? — perguntei me fazendo de ofendido.

Honra e honestidade nunca foram características da minha índole. Eu não a culpava pelas ofensas.

— Na verdade, eu estou feliz, porque isso mostra que serei vitoriosa da aposta que fiz com você.

Peguei as coisas dentro da carruagem e abri a toalha, organizando as poucas coisas que havia trazido para nosso chá ao ar livre. Eu disse que a cortejaria, mas ninguém disse que eu seria bom nisso.

Dei-me conta de que não tinha levado nada que pudesse estender para que Nataly pudesse se sentar para não sujar seu vestido. A forma como fiquei olhando para o gramado foi o suficiente para que ela compreendesse meu embaraço.

— Ora, Vandick, não sou uma dama da sociedade que vai se importar com seus vestidos caros de seda parisiense, que não deve ser expostas ao sol e à fuligem.

Sem ressalvas, ela se sentou na grama sorrindo feito uma criança feliz. Sentei-me à sua frente.

— Conte-me alguma coisa, não sei do que os casais costumam falar quando saem para conversas tímidas — falei francamente. Eu sabia exatamente o que dizer para levar uma mulher para a cama em uma noite, não o que dizer para esperar um mês.

Ela jogou o rosto para trás e gargalhou. Eu amava quando ela fazia isso. Era espontâneo, como se não existisse qualquer coisa que a entristecesse. Eu desejava ser o homem que faria aquela gargalhada se perpetuar em seu rosto eternamente. Mas eu era o homem que sabia que nada era eterno.

— Não sei. Creio que se falam futilidades, como o dia está belo, perguntam a cor preferida, seus gostos por literatura, teatro, ópera...

— Qual sua cor preferida, lady?

— Azul-celeste — ela respondeu, escondendo um sorriso debochado.

— Está mentindo para mim, Nataly. Como ousa mentir em nosso primeiro encontro?

Ela olhou enviesado para ele.

— Se eu disser que gosto de vermelho e sou apaixonada por azul-turquesa não serei como as damas que devem ser cortejadas por um lorde.

— E o que uma dama que deve ser cortejada por um lorde deve dizer se ele lhe pedisse um beijo?

— Ela sairia correndo.

Foi sua resposta mais sincera e verdadeira.

— Que bom que de lorde só detenho o título e de dama você só carrega as saias — falei com bom humor. — Assim tenho alguma chance de lhe roubar um beijo esta tarde.

— Creio que se vai me cortejar de acordo, eu continuo amando azul-celeste, Vandick. Você pode me olhar e beijar minha mão se quiser.

— Adoraria.

Ela estendeu sua mão, esperando que deixasse um beijo por cima da sua luva, mas meu atrevimento não se conteve. Tirei a luva vagarosamente e deixei meu lábios ali muito mais que o necessário e o suficiente para sentir sua pele se arrepiar sob meu toque.

— Creio que nesta hora você já teria me desonrado e estaria sendo obrigado a se casar com a pobre e inocente jovem que levou à perdição.

Sorri.

— E você estaria feliz por esse casamento inoportuno? — perguntei.

— Estaria assustada, milorde, afinal, é um libertino sem coração. Como poderia confiar que mudaria e me amaria? — ela falou dramatizando, colocando a mão sobre o coração.

— Acreditando em minha palavra, que daria ao seu pai. Diria que por você seria capaz de usar vendas nos olhos, jantar todas as noites na nossa residência rodeado por nosso empregados, ler o jornal todas as manhãs enquanto você borda e sorri para seu marido. Seria o homem que lhe faz massagens nos pés quando sua barriga crescer até se parecer uma bola linda...

Ela gargalhou novamente e o mundo parou. O mundo parava. Era o verde do gramado, o lago ao fundo, seus cabelos ruivos balançando ao vento e seu sorriso perfeito que juntava com olhos que brilhavam quando sorria. Eu compreendi o que significava a alegria naquele instante. Fazia tanto tempo que não vivia aquele sentimento. Eu queria congelar aquele instante.

— E se não aceitar o seu pedido e fugir com outro? — ela continuou a brincadeira.

— Eu vou atrás e vamos duelar — falei abrindo os braços, parecendo óbvio a constatação. — E sou muito bom em duelos.

— Ah, por Deus, quantas coisas sem fundamentos falamos hoje! Vamos nos alimentar. Já divagamos em demasia.

O DIA EM QUE TE TOQUEI

Ela se serviu de uma fatia de pão e eu a acompanhei.

— Gostaria que sua vida pudesse ter sido dessa forma? — perguntei, imaginando que, no fundo, tudo poderia ter sido como nas nossas brincadeiras, que ela era aquela menina ingênua e que um dia ela poderia ser cortejada por um bom homem.

— Eu só desejaria ter a minha mãe comigo. É tudo que sei pensar. As outras coisas não consigo desejar. Depois que a perdi, se foi junto todas as minhas ilusões e nunca pensei muito sobre isso. E você? Alguma vez desejou ser o homem lendo jornal?

Dessa vez fui eu quem gargalhei.

— Não, Nataly. Não combinaria comigo.

— As coisas poderiam ter sido diferentes, Vandick, se seus pais estivessem aqui. Se você conhecesse o amor de outras formas — ela comentou.

— O amor tem uma única forma e ela se demostra em uma mulher nua. — Foi minha resposta. — E creio que cortejar você por uma manhã já foi o suficiente — falei encerrando o assunto e me levantando, fugindo do assunto.

Ela entendeu e se levantou também. Juntamos as coisas e voltamos para o clube.

— Obrigada pela manhã maravilhosa.

— Pode jantar comigo alguma noite? — perguntei.

— Hoje tenho muitas coisas do clube para resolver e a casa vai estar cheia, mas amanhã talvez — falou, sorrindo.

— Sim, amanhã.

Fiz uma reverência e deixei-a partir.

Animado, corri até o meu quarto, que estava todo revirado pela mudança que estava sendo feita das nossas coisas para a nova residência.

Parei por um instante e pensei se estava mesmo fazendo o certo. Estava pronto para me envolver com alguém? Aquilo parecia ser a coisa mais errada que eu fazia em toda minha vida. Mas eu a desejava e almejava vê-la feliz. Isso seria suficiente por aqueles dias.

Pensar no futuro nunca tinha sido algo que eu fazia com frequência.

Alguma coisa, no entanto, me importunava, me levando a pensar o que seria depois que aquele mês se passasse, depois que a tivesse nos braços, depois... depois...

Mas, quando se tem a certeza de que depois dos seus olhos verdes você vai encontrar um mundo, este em que você vive se desconstrói. E eu estava disposto a construir um novo mundo, com um céu verde, onde habitavam só mulheres, cheio de incertezas, onde o amanhã não existisse, onde a escuridão não pudesse prevalecer, e os olhos verdes... ah esses aplacam tudo, todos os meus medos.

CAPÍTULO 17

"Tudo poderia ser pedido na vida, menos duas coisas: o controle do seu coração e o orgulho. O problema é que, quando um se perde, o outro vira fumaça."

(Diário secreto de Nataly, Londres, 1803.)

NATALY

Deixei que os dias corressem, sem me preocupar muito com a corte de Pietro, dizendo a mim mesma que não teria efeito sobre mim.

Todas as nossas coisas já haviam sido levadas para a mansão Filtermon e à tarde partiríamos para nossa nova residência no campo. Eu continuava dizendo a mim mesma que seria maravilhoso estar lá e organizar o baile de apresentação à sociedade, as reuniões com as damas da sociedade, colocar minha vingança em prática.

Era como se a presença de Pietro fosse algo que não me incomodasse. Era só mais alguém para me chatear. Um alguém que se lembrava todos os dias das minhas comidas prediletas, colhia flores nos jardins do clube e mandava deixar no meu quarto pelas manhãs, me acompanha em todas as refeições, tornava a tarefa de administrar o clube leve, fácil. Com um olhar, era como se conhecesse meu humor, meus desejos...

Mas eu ignorava, porque sabia que aquela arte de seduzir era a especialidade de Pietro. Assim como a arte de afastar era a minha. Eu me distanciava porque sabia que conquistar para uma noite e depois esquecer era coisa que Vandick fazia, assim como conhecer os homens era completamente minha.

Juntei o pouco que restava para pegar em um pequeno baú e abri a porta, deparando-me com ele saindo do seu quarto com o sorriso de sempre. Ele sempre sorria. Um sorriso encantador que me enchia de energia, que me animava logo pela manhã.

— Ah, *criança*, enfim vamos para casa — ele falou cheio de contentamento.

— Respirar ares do campo — falei feliz, porque realmente estava. — Infelizmente não poderei passar o tempo que gostaria na casa. O clube depende de nós. Mas hoje não retornaremos. Avisei as meninas e deve ficar tudo bem essa noite.

— Nós dois e os ares do campo essa noite? — ele perguntou sorrindo descaradamente.

— E dezenas de empregados, quartos que nos separam e uma infinidade de motivos que não preciso citar. Vamos.

Caminhei em sua frente para não me aborrecer, sabendo que era péssima a ideia de me enclausurar com ele no campo.

— Parece aborrecida — ele comentou depois de algum tempo no caminho, já acomodado na carruagem.

— Só estou indisposta.

— Estava feliz quando saímos. O que aconteceu em pouco tempo para que estivesse indisposta?

— Não é nada. — Abri um falso sorriso. — Realmente me indispus com o sacolejo da carruagem. É só isso.

Ele pareceu se convencer e não tocou mais no assunto.

A casa trouxe de volta a minha alegria. Só de contemplá-la, tudo pareceu se perder de vista. Era perfeita. Construída sobre três andares, à frente da casa, quatro pilares ornamentados sustentavam a entrada, onde a estrutura pitoresca de cores brancas e portas torneadas lembrava um pequeno castelo. Os jardins se perdiam de vista e estavam perfeitamente cuidados, como se a natureza por ali fosse um desejo e não algo natural.

Os empregados da casa esperavam na porta para nos recepcionar. Aceitamos os cumprimentos e, depois das apresentações, enfim estávamos dentro da nossa casa.

Já a conhecíamos desde a primeira vez que ali tínhamos estado e partimos direto para nossos aposentos a fim de nos acomodarmos. Nossos quatros eram um ao lado do outro com comunicações, como qualquer casal, mesmo esta não sendo a verdade.

Antes que Pietro entrasse, eu o chamei.

— Vandick, preciso de um favor seu. Será que poderia usar dos seus contatos para que algumas damas da sociedade aceitem meu convite para o chá que pretendo realizar nos próximos dias?

Ele me olhou com estranheza.

— Eu não compreendo o motivo de tal absurdo. Você não me parece uma dama que faz questão de passar a tarde conversando com velhas fofoqueiras, falando sobre coisas fúteis como vestidos e filhos — ele comentou.

— Eu preciso ser bem recebida na sociedade se quero fazer parte dela. Quero ser a mulher de um conde e, para isso, preciso tolerar as visitas tediosas — comentei, mentindo.

As coisas estavam muito além do que ele poderia imaginar. Eu não poderia explicar e ele não compreenderia.

— Eu não preciso que as pessoas aceitem você como uma lady. Nunca lhe pedi que fosse a esposa de um conde — ele interveio.

— Sei disso, mas conheço meu lugar e vou ocupá-lo. Pode fazer isso por mim? O simples convite de uma dama que elas não conhecem geraria estranheza. Elas não aceitariam. Pretendo convidar a duquesa de Galison para um chá amanhã. Se conseguir falar com o marido, eu serei grata.

— Sei onde ele costuma passar as tardes. Vou encontrar uma forma de forjar o encontro e comentar sobre nossa mudança. Isso será o suficiente para que ele comente com a duquesa e a faça querer estar aqui.

Abri um sorriso de agradecimento.

Eu começaria por ela. O duque era um homem importante em Londres. Além de levar consigo um dos ducados mais importantes, ele se envolvia em questões políticas diretamente com o rei. Sua mulher, segundo diziam, era frequentadora assídua das festas onde a realeza estava e, por esse motivo, sua presença na sociedade era considerada uma honra. Recebia convites para todas as festas, bailes, jantares e o que se pudesse imaginar de eventos na sociedade. Suas duas filhas debutariam no próximo ano e as apostas eram altas para que conseguissem os melhores partidos de Londres. O problema era seu marido, que adorava o Spret House e tinha um grande problema com bebidas e mulheres em combinação. Isso o deixava vulnerável a contar todos os seus segredos, o que incluía dizer o quanto a duquesa Elizabete era sem graça na cama. Isso o fazia manter, além das mulheres do clube, Meridiana, sua protegida, uma dama que ele encontrou em uma viagem a Paris de negócios e trouxe consigo. Ele a mantinha em uma residência particular e eu acabara de descobrir que ela estava esperando o primeiro filho do casal. O duque mantinha duas famílias. A que ele apresentava à sociedade e a que o fazia feliz.

Meridiana era uma mulher simples perto da duquesa e, para se manter ocupada, tinha uma pequena perfumaria. Eu pretendia falar da perfumaria com Elizabete e levá-la para conhecer Meridiana.

O motivo? Buscando o passado de minha mãe, soube que, antes do

O DIA EM QUE TE TOQUEI

101

seu regresso a Londres, em uma tentativa de sobrevivência, ela procurou o duque para que ele pudesse interceder por ela. Como amigo da família do meu avô e influente na cidade, ele poderia tê-la acolhido ou ajudado de alguma forma. O diário que encontrei da minha mãe dizia que ele bateu a porta na sua cara e disse que não tinha filhas e não se preocuparia com a dos outros. Mas agora ele tinha e saberia exatamente o que era ter uma família no meio de um escândalo.

Aquilo me parecia errado de todas as formas enquanto pensava no ser humano que era, mas então me lembrava de tudo que se transformou a minha vida, da minha mãe morrendo sem ter o que comer e tudo se justificava. Londres precisava pagar.

Eu faria isso com muitas pessoas. Seria como um jogo de xadrez. Eu ficaria olhando cada peça sendo derrubada, uma por uma.

Quando o jantar foi servido naquela noite, eu olhava silenciosa para a comida. Minha mente fervilhava nas coisas que estavam por vir.

— Ainda quieta. O que a perturba, Nataly? — Pietro perguntou, parecendo preocupado.

— Só estava pensando se a comida lhe agradou. Posso pedir que o mordomo prepare outras coisas se não gostou — menti novamente.

— Nataly, eu não sou bobo. Tem algo errado e eu não sei como e nem o porquê, mas tenho a percepção exata das coisas que acontecem com você. Sei que não é a comida que está lhe preocupando.

— Preciso descobrir algumas coisas do passado da minha mãe. Talvez assim esses anseios se dissipem — desabafei. Porque acreditava realmente naquilo.

Se eu encontrasse a família dela, escutasse os motivos, conhecesse o irmão de Susan, talvez a dor aliviasse, talvez as coisas não tivessem sido tão cruéis como eu imaginava. Ela dizia que tinha sido expulsa de casa, no entanto, talvez tivesse mentido e fugido por conta própria... Eu queria me enganar. Queria estar errada.

— O que sabe sobre eles? — ele perguntou. — Posso tentar ajudá-la. Se isso é tão importante a ponto de arrancar todos os sorrisos do seu rosto, eu posso tentar.

— Não sei nada — comentei. — Isso que me dói. Ela deixou um diário, mas nunca falou o nome da família. Nossos sobrenomes foram escondidos. Minha mãe não queria que eu remexesse no passado, ela o queria enterrado. Disse que se nunca mais encontrasse o irmão, estaria fazendo um favor a ele. Somos o escândalo, imagine agora que sou uma cortesã. Ela nem imaginava que eu teria este fim antes de morrer e já me dizia isso.

— Laços de sangue são coisas fortes e estão além de escândalos —

murmurou ele.

— Não na família dela. Ela pagou com sua vida por me ter. Creio que o sangue nunca teve valor para eles.

— Eu sinto muito.

Ficamos em silêncio. Eu com meus pensamentos e Pietro com seus pesares.

Quando terminamos o jantar, Pietro me acompanhou até a escada que dava acesso aos quartos.

— Creio que vá beber um pouco mais. — Como era costume dos homens, por ser cedo demais para se recolher, imaginei que Vandick faria o mesmo. — Eu vou para o meu quarto. O dia foi cheio de mudanças e isso me cansou.

— Nataly, me faça companhia — ele pediu.

Ergui as sobrancelhas diante do seu pedido, olhando para ele de uma forma a demonstrar que conhecia suas intenções.

— Do que tem medo? Diga-me, conte-me o que a faz ficar arredia quando estou por perto.

— Nunca achei sensato ter um relacionamento e você, conde, não seria o homem escolhido se esse fosse os meus planos.

— O que a faz pensar que não sirvo para você? — ele perguntou, dessa vez parecendo ofendido. — Estou disposto a lhe mostrar que mereço sua atenção e tudo que tem feito nos últimos dias é ignorar minhas investidas. Eu...

— Conheço suas limitações, Pietro — o interrompi. — Assim como sei das minhas. Está pronto para passar a vida ao lado de uma cortesã, tê-la como sua mulher, desfilar comigo nos braços sabendo que já estive nos de tantos outros amigos seus? Imagina você indo se deitar e eu precisando ir para a cama de algum conhecido, talvez, porque o clube faz parte da minha alma, de todo o meu ser. Já se indagou sobre tudo isso, ou só tem tido fantasias sobre nós na cama?

Ele estava tão obcecado por aquilo que era como se não percebesse o óbvio. Havia tantas coisas entre nós além da forma como o conhecia e sabia que seu envolvimento sentimental não duraria por uma semana. Eu, ao contrário, ficaria arrasada, porque sabia como é ser tocada como um objeto durante a vida inteira, mas como uma mulher, com desejo, paixão e amor, eu desconhecia. E isso era o que mantinha minha força, minha vontade de ir adiante. Se eu tropeçasse em Pietro, cairia; e não seria um tombo leve, seria a queda de um precipício. Eu era esperta o suficiente para conhecê-lo e saber dos meus sentimentos.

— Eu não me importo com nada desta sociedade imunda. Você sabe

O DIA EM QUE TE TOQUEI

103

muito bem disso, pelo amor de Deus! — exclamou furioso. — Para mim, uma dama, uma lady, uma duquesa, uma cortesã, todas têm o mesmo valor. E se me disser que não, vai me ofender. Agora se deitar com outros homens? Qual o motivo? Acha que não sou bom o suficiente para satisfazê-la? Porque eu sei que dinheiro não é o seu problema, Nataly!

Sua pergunta estava carregada de ódio e mágoa.

Eu nunca iria para a cama com outro homem se estivesse com ele. As palavras foram ditas para que ele enxergasse a realidade das nossas diferenças. Depois que nos casamos, fui incapaz de sequer olhar para outro alguém. Mesmo não tendo nada com meu marido, sentia como se tivesse que respeitá-lo.

— Você será o suficiente para alguma mulher, não para mim. Não sou, *mon coeur*, uma dama que você mereça. Eu tenho um mundo nas costas para carregar e ele está coberto de pecados.

Eu não esperava ter essa conversa com ele. Achei que me cortejar era só mais um capricho. Mas ele insistia e eu sabia muito bem que não passava disso. Ou talvez ele até tivesse se encantado pela cortesã que eu era, não o culparia. Era comum os homens se apaixonarem por mim. Eu carregava um estigma de que era a deusa do amor e eles acreditavam.

— Como vou ser suficiente para outra mulher, Nataly, se estou amarrado a este casamento? — Ele deu de ombros, dessa vez me colocando na realidade. — Creio que as chances de escolher uma dama recatada que me faria lindos bolos e povoaria nossa casa com filhos perfeitos não é possível, pois ela não aceitará viver sendo a amante do conde.

Não me deixei abalar por seus comentários que me culpavam.

— Você nunca teve a intenção de se prender a alguém, Vandick. E não tem a intenção de me manter por muito tempo, então não me venha culpar por seus comportamentos insolentes. É você que se apega ao passado e não caminha para o futuro.

Ele me lançou um olhar de incredulidade, cruzando os braços.

— E o que estou propondo a você é caminhar para o passado?

— Você me deseja e nada mais que isso — completei.

— Não duvide das coisas que digo.

— O que sente então, me diga? — indaguei, dessa vez ficando irritada de verdade. — Ou melhor, não me diga. Vamos encerrar sua corte sem fundamento e fazer diferente. Quer uma noite comigo? Você a terá, creio que já trabalhou o suficiente para pagar por uma noite com alguma dama da casa. Escolheu-me, não é?

Eu estava sendo inconsequente e sabia que o estava magoando. Mas tinha certeza de que depois que ele fosse para a cama comigo se encantaria por outra como sempre fazia. A obsessão de Pietro por mim era exatamente por não poder me ter e eu alimentava aquilo.

— Eu não quero dormir com a cortesã. Quero ir para a cama com minha mulher.

Entreabri os lábios, surpresa.

— Somos a mesma pessoa, *coeur*. Não dá para separar-me.

Ele assentiu, mordendo os lábios.

— Pois pagarei. E não será com um favor seu. Será com dinheiro que arranjarei. E como não posso dormir com minha mulher e sim com cortesã, você também se deitará com um homem como todos os outros, que deita com o seu corpo e não com você, Nataly, como todos aqueles que nem se lembram do seu rosto no dia seguinte, porque não chegaram sequer a olhar nos olhos. Quanto cobra por uma noite, *ma chérrie*?

Sem saber muito bem como sair daquela situação, porque cada vez que tentava me afastar de Pietro, eu o envolvia ainda mais em minha vida. Eram jogos, apostas e ciladas das quais eu mesma era a vítima.

Sabendo que o que diria a seguir seria a coisa mais egoísta e injusta que fizera na vida, olhei nos seus olhos que esperavam por uma resposta.

— Dez mil libras. Esse é o preço por uma noite.

Ele olhou para o teto. Imagino que buscando forças para não me matar, pois esse era meu desejo também nesse momento.

— Muito bem. Apesar de não estar comprando nenhuma propriedade quando obtiver o dinheiro pedido, eu a procurarei.

Assenti, tentando não parecer derrotada.

— Esta conversa foi a melhor que tivemos até agora — ele falou quando do achei que já tinha acabado e lhe dava as costas. — Mostrou-me exatamente com que tipo de mulher estou casado. Eu tinha me esquecido disso por muitos dias.

— Eu lhe disse para se afastar e você quem insistiu — disse enquanto subia as escadas já me afastando.

Ele suspirou, cansado.

— Sim. Sou apenas *bons negócios* para você. Um bom sócio e alguém que talvez poderá pagar de alguma forma dez mil libras para tê-la nos braços.

— Pelo contrário, Pietro. Você sempre será o meu pior negócio. Qualquer negociação que fizer com você, vou sair perdendo, porque, por mais que me esforce, por algum motivo, envolvo todos os meus sentimentos neles. E não são sentimentos que controlo. São coisas que avassalam por dentro e me deixam à sua mercê... E você, Vandick, nunca estará à mercê de uma mulher.

Dei-lhe as costas novamente, sem querer pensar por um instante que rumo minha vida estava tomando. Eu era dona do clube, da minha vida e do meu destino. Por que não seria do meu coração?

Capítulo 18

"Andar sem direção, viver sem destino, acordar sem pensar no amanhã... eu adoro essa forma de viver. Até que sua vida depende de outra... aí você descobre que está acabado."

(Pietro, Londres, 1803.)

PIETRO

Não fui para cama naquela noite. Procurei por um clube fajuto nos arredores de Londres e me encostei a uma mesa de jogos. Eu só precisava vencer e vencer por várias noites seguidas, até conseguir o dinheiro para tê-la. Eu queria tocá-la, eu queria feri-la, mas não como um monstro, não. Eu seria incapaz de machucá-la fisicamente. Iria atingi-la onde mais doeria. Atingiria seu orgulho e sua alma.

Naquela noite, nada me fez perder o foco. Não tinha bebidas, não tinha mulheres. Era eu e o jogo.

No final da noite, saí do clube com 300 libras no bolso. O clube era mal frequentado e as apostas eram baixas. Eu precisava apostar em grandes clubes, como o Spret House, porque onde tivesse grandes cavalheiros, homens de dinheiro, eu poderia conseguir o dinheiro com facilidade. No entanto, não havia outro clube como o de Nataly e ela saberia que o dinheiro estaria em meu poder. Eu gostaria que fosse uma bela surpresa.

Quando o dia amanheceu, não voltei para casa. Passei em uma praça onde alguns lordes se reuniam para jogar conversa fora e eu sabia que o duque de Galison ficava ali todas as manhãs.

Cumprimentei-o, jogamos conversa fora e comentei sobre minha recém-mudança. Meu favor à Nataly estava cumprido. Eu mantinha minhas palavras.

Dali, pensei em ir direto para o clube, mas acabei desviando o caminho até a casa de George. Estava na hora de voltarmos a sermos velhos amigos como antes.

Entrei sem ser anunciado, como sempre fazia. Ele estava no seu escritório, sentado de forma despojada como sempre, e sorriu ao me ver.

— Por Deus, Vandick, anda dormindo na rua? Que aparência é essa? — ele perguntou, perturbado.

— Passei a noite jogando. Precisava de dinheiro — falei com sinceridade.

— Achei que o casamento tivesse resolvido seus problemas.

Aprumei os ombros.

— Sempre lhe disse que o casamento era o começo dos problemas, meu amigo. Comigo não seria diferente. Eu era feliz até me casar — falei com pesar.

Ele deu uma meia risada.

— Se está me dizendo isso, Pietro, significa que se apaixonou por sua mulher e está encrencado.

— Eu nunca me apaixonaria por uma mulher. Seria muito mais fácil me apaixonar por um pato.

— É mesmo? O que sente por sua mulher que o faz desejar um pato? — George me perguntou, começando a me irritar.

— Ora, o que todo homem casado sente! Tédio! Você quer que ela se afaste o tempo todo, deseja não tê-la conhecido, almeja que cale a boca e deixe de falar sobre roupas e os sonhos bobos... e...

Ele me olhava, tentando controlar o sorriso.

— Pare com isso, Pietro. Você sempre foi péssimo em mentir para mim. Diga-me a verdade.

— O que quer que eu diga? — falei, abrindo os braços. — Que eu a desejo muito mais que a um pato? Que conheço todas as suas formas de sorrir, seus suspiros? Que suas ausências me importam e que eu odeio sentir isso, porque nunca me apeguei a ninguém e quando resolvi dar créditos a esses sentimentos ela me desprezou como se eu, sim, fosse um pato?

— Mas eu não entendo. Se ela é sua mulher...

— Casamo-nos por ser conveniente para os dois. Ela precisava de um marido para gerenciar o clube e eu, de alguém para pagar minhas dívidas. Isso é tudo que temos.

— Creio que era isso que desejava. Não ter sentimentos por alguém?

— Creio não ser isso que desejo no momento.

— Sinto dizer que está terrivelmente encrencado, meu amigo. Tudo que posso fazer por você, neste momento, é lhe oferecer um copo de bebida para acalmar sua dor.

E foi o que George fez. Bebemos como velhos amigos, falamos do seu casamento feliz, da sua filha perfeita, de política, das suas propriedades que estavam cada vez mais prósperas e das minhas desgraças.

Quando dei por mim, já passava da hora do almoço e eu precisava ir ao clube para cumprir com minhas responsabilidades.

Nataly não estava por ali e trabalhei sozinho a tarde toda. Tomei um banho no meu antigo quarto, onde algumas roupas ainda estavam, e não voltei para casa para o jantar, permanecendo para cuidar do clube até a madrugada. Quando a carruagem encostou em frente à casa, bem tarde, as luzes ainda estavam acesas, e eu não tinha visto Nataly desde a nossa discussão do dia anterior.

Quando adentrei na sala, encontrei-a perto da lareira lendo um livro. Ela continuou estática, olhando para o papel como se não notasse minha presença, mas eu pude notar a mudança da sua respiração.

— Oi, *criança* — falei, porque deseja ouvir sua voz, mesmo que fosse para me repreender por minha ausência.

Ela abaixou o livro e me olhou sorrindo, como se eu não tivesse feito mal algum, como se não tivéssemos brigado e eu fosse um bom amigo. Ela tinha esse poder, ela era Nataly. Dessa forma, demostrava que nada do que faria tinha importância e aquilo doía em mim, muito mais do que eu gostaria de admitir.

— Boa noite, *mon coeur*. Estava concentrada na leitura e não notei que você chegou, me desculpe.

Mentirosa! Eu poderia sentir seu peito subindo com rapidez quando cheguei. Ela poderia fingir, mas o seu corpo era meu amigo e ele me contava com exatidão o que ela sentia e a minha mente era tradutora de todos os sentidos dela.

— Já jantou? — perguntei em uma tentativa de companhia.

— Sim. Vou me recolher. Tive um longo dia organizando a festa que vamos dar na próxima semana.

— Ah, sim, a festa. Será na próxima semana? — indaguei.

— Sim. Creio que já esteja na hora de você apresentar a sua condessa. Assenti.

— Quer compartilhar o livro? — perguntei. — Ou falar do seu dia... Recebeu sua esperada visita?

— Ah, o livro, não creio que seja do seu gosto. E minha visita virá amanhã.

Ela colocou o livro sobre a poltrona que estava lendo, juntou o vestido com as mãos e já estava dando as costas. Ela adorava fazer isso. E isso me irritava.

— Pode me dizer por que faz isso?

— Faço o quê? — ela perguntou como se não tivesse entendido minha pergunta.

— *Me* afasta, *me* ignora, *me* trata feito um pato.

Eu estava obcecado com pato naquela dia!

Ela jogou a cabeça para trás e gargalhou, do jeito como eu amava.

Aproximando-se de mim, ela tocou meu rosto com carinho.

— Eu trato os patos muito bem, se quer saber. Sempre fui incapaz de comer um — ela comentou sorrindo. — Desculpe-me. Eu quero realmente que me perdoe. Essa nunca foi minha intenção. Creio que o coração de uma cortesã não seja feito para sentimentalismos.

Peguei seu rosto entre meus dedos, me embebedando com seus olhos verdes que brilhavam. Como era linda... por Deus, como era linda...

— Quando a olho dessa forma, como seu marido, sente como se fosse como qualquer outro dos que a olham como uma negociação, como uma compra?

Deslizei meu polegar por seus lábios. Eram macios. Eu queria beijá-los até roubar aquela maciez para os meus.

— Não, *coeur*. Você é doce quando toca e isso faz com que as damas se sintam especiais. Creio que seja isso que eu sinta. Sinto-me desejada.

— Não, Nataly, tem mais que desejo nos meus olhos. Não enxerga isso? — indaguei.

Tinha adoração, tinha desejo, tinha paixão. Ela só enxergava o desejo. Como todos os outros que a desejavam, que queriam tocá-la e nada mais. Eu queria tocar seu corpo. Eu queria tocar sua alma. Eu queria tudo dela.

— Enxergo, *mon coeur*, o que o cega.

Ela me deu as costas, mas continuou próxima a mim, seu pescoço colado em meu rosto, seu corpo grudado ao meu. Senti que perdia o controle e passei os braços por sua cintura, aprisionando-a. Eu precisava tê-la, precisava dela de todas as formas...

— Eu preciso de você, Nataly — implorei.

— Sim, você precisa do meu corpo como todos os outros. Eu compreendo sua urgência — disse se afastando.

— E por que me pune se afastando se quer tanto quanto eu? — perguntei, vendo o desejo estampado em seu rosto quando ela me olhou com as faces coradas.

— Porque com você será diferente. E amar dói.

Ela recolheu seu vestido com as mãos e saiu, como sempre fazia. Da sala, dos meus braços, da minha vida.

Paula Toyneti Benalia

Capítulo 19

"Não existem homens perfeitos. Existem mulheres cegas. Eles trapaceiam em um jogo, por que não trapaceariam no amor?"

(Diário secreto de Nataly, Londres, 1802.)

NATALY

Sentei-me na cama e suspirei. O que estava havendo?

Pietro parecia ser tão perfeito que aquilo não poderia ser real, não... não poderia. Ele era humano, era homem e os homens eram maus. Eles erravam e abandonavam as suas mulheres.

Levantei-me e fui até a janela. Estendi as mãos e as abri, deixando a brisa entrar numa tentativa de me trazer paz. A lua estava linda naquela noite.

Vandick dizia e demonstrava que, de alguma forma, eu era especial na sua vida, que tinha mudado, que seria diferente, mas ele mentia! Eles sempre mentiam!

Meu avô mentiu quando minha mãe estava no ventre da minha avó. Ele jurou proteger seu filho e depois a abandonou, a arrastou para fora de casa como se ela fosse um ser sem importância. Meu pai mentiu quando prometeu amar minha mãe todos os dias da sua vida e a abandonou quando soube da minha existência. Meu tio, irmão de minha mãe, mentiu quando disse que a amava, porque se ele a amasse tanto quanto dizia, não a teria deixado morrer.

O primeiro homem que se deitou comigo mentiu, pediu silêncio dizendo que não doeria enquanto as lágrimas de dor e vergonha escorriam por meu rosto que ainda era de uma criança.

Os homens mentiam. Era isso que eles faziam o tempo todo. Mentiam para suas esposas quando diziam que estavam trabalhando, jogando, bebendo com os amigos e estavam lá no clube se deitando com mulheres que não eram as suas.

Eles mentiam quando nos tocavam, quando juravam que éramos importantes, que nos adorávamos e quando o sol nascia éramos ninguém. Éramos apenas alguém que satisfazia seus desejos mais obscuros e nem ao menos a lembrança de um rosto importava.

Olhei para cima e só então deixei uma lágrima silenciosa pingar no chão. Nunca me importei com os homens mentirosos. Eles estavam lá, perdidos em um mundo que sempre achei que não poderiam me tocar, mas então Pietro chegara e *queria* me tocar. E eu já imaginava a manhã quando o sol, que para mim nunca foi sinal de esperança, nascesse e eu pudesse ver escancarada a sua mentira. Ele era homem...

Eu não me permitiria, não ele, porque não suportaria. Era diferente de todos os outros. Eu estava acima deles e vingaria de todos eles. Tinha os seus segredos, as suas fortunas. E a eles não me restava nenhuma piedade. Mas com Vandick era diferente. Ele me olhava e o mundo tomava outras formas. Ele abria um espaço para a esperança, me fazia acreditar em uma bela manhã e eu não suportaria ver sua mentira, não a sua!

Respirei fundo e busquei o controle que sempre estava ali. Minha razão sempre estava muito acima das minhas emoções. E assim continuaria.

A noite não foi de sonhos tranquilos e o dia me trouxe as responsabilidades e os propósitos de volta.

A duquesa chegou para o chá da tarde e a recebi com um sorriso caloroso, um vestido simples de renda rosado e a ausência de maquiagem. Era uma verdadeira lady, pronta para conversar sobre futilidades.

Ela era uma mulher elegante, de postura impecável e, mesmo com seus cabelos já começando a ficarem grisalhos, uma bela mulher.

Pedi que nos servissem o chá e percebi que gostava de sua companhia. Ela não me parecia uma senhora entediante e tinha um sorriso caloroso. Senti pena por saber que era tão enganada.

— Lili e Maribela estão terríveis, se acham as perfeitas damas da sociedade. Foi quase impossível não trazê-las hoje — falou orgulhosa. — O duque diz que as mimo demais, mas vejo seu sorriso orgulhoso pelas duas.

Meu coração se entristeceu e se enfureceu por saber que era enganada daquela forma.

O duque era outro mentiroso, como tantos outros.

— Elisabete, gosta de perfumarias? Estou sabendo de uma excelente aqui em Londres e, em minha próxima visita, posso levá-la. Assim tenho a honra de conhecer suas filhas, *chérie* — comentei, articulando meus planos.

— Sou apaixonada por fragrâncias. Eu adoraria.

E assim estava lançado meu plano. Quando Elisabete partiu, levou consigo a esperança de uma nova amizade e deixou comigo a certeza de que meus planos se concretizariam.

Resolvi ir para o clube depois da visita. As coisas costumavam se complicar com minha ausência.

Para minha surpresa, sem nenhum aviso, duas pessoas me aguardavam no escritório: Marshala e Helena.

— Por Deus, o que fazem aqui? — perguntei, abraçando-as.

— Viemos trabalhar — Helena respondeu animada. — Se vamos ser sócias, precisamos agir, Nataly, e creio ter ficado em casa muito mais do que minha paciência suporta.

— E Susan? — perguntei preocupada.

— Ah... — ela balançou a mão no ar — ficou com George. Bebês ficam todos os dias grudados nas mães. Creio não haver mal algum ficar um dia com o pai. Ele vai sobreviver.

— George vai trancá-la em casa quando voltar — Marshala brincou — para nunca mais correr o risco de ter que cuidar de Susan sozinho.

— Até parece que George pode com Helena — comentei. — Mas vamos aos negócios então. O que pretendem?

— Digamos que seu vestido para o baile já está quase pronto. Precisamos que passe em nosso ateliê, o *Mademoiselle*, para os ajustes finais. As encomendas das meninas da Casa Esperança estão prontas também e precisamos que você mande uma carruagem para fazer a retirada das caixas. Gostaríamos de renovar os vestuários das damas do clube, o que acha? — Marshala perguntou.

— Achei que Helena tinha dito que vocês só desenhavam para a alta sociedade e que vestidos de prostitutas não fossem algo que se interessariam em fazer — comentei.

— Digamos que tenha mudado meus princípios e que desenhar somente para damas irritantes tem me cansado — Helena rebateu.

Abri um sorriso para ela, porque era surpreendente.

— Não vejo problema. Terão trabalho por muito tempo e imagino que precisarão passar algum tempo aqui no clube durante o dia para tirar medidas, fazer as provas, pois são muitas mulheres e vestidos em demasia. Mas estou disposta a pagar o que for necessário e levar nossa sociedade avante.

— E Susan? — Marshala perguntou, provocando a amiga.

— Devo ensinar George a contar histórias e cantar algumas canções. Isso deve ajudar a acalmá-la nas tardes em que chora em demasia.

O DIA EM QUE TE TOQUEI 113

Gargalhamos juntas porque conhecíamos a postura do duque e não conseguíamos imaginá-lo cantando para a filha enquanto Helena saía para trabalhar. Era avançado demais até para uma cortesã compreender.

— Organizem seus horários com as meninas do clube e amanhã devo passar na loja para a prova do vestido. Algo mais? — perguntei.

— Uma dose de rum seria bem-vinda — Marshala pediu.

E terminamos a tarde rindo e fazendo planos, porque mulheres eram amigas e nelas, sim, você poderia confiar.

Quando Pietro entrou no escritório ao anoitecer, elas estavam de saída.

— Mande lembranças a George — pediu. — E pergunte a ele se não deseja que Marshala desenhe um vestido para usar no baile — ele debochou do amigo quando soube que ele não viera porque ficou cuidando da filha.

O silêncio se abateu quando elas partiram e só restou nós dois dividindo o mesmo espaço para trabalhar.

Continuei sentada na minha mesa, olhando para os papéis que ali se acumulavam, e ele sentou-se de maneira despojada à minha frente, abrindo o livro de registros de visitas da noite anterior.

Eu estava com a cabeça baixa, mas poderia sentir seus olhos sobre mim. Eles me consumiam e roubavam meu ar.

— Na noite do baile... — ele falou.

Parei o que estava fazendo e encarei-o, sem compreender seu comentário, a indagação estampada em meu rosto.

— Na noite do baile, depois que todos os convidados partirem e você for realmente apresentada como a condessa de Goestela, eu escolhi tê-la. Terei o dinheiro e creio ter o poder da escolha do dia.

Engoli em seco, incapaz de responder alguma coisa.

— E será na nossa casa e não no clube. Creio que pagando dez mil libras, possa escolher a cama em que me deito com você.

Minha vontade era esbofeteá-lo e dizer que ele era um cretino arrogante como todos os outros. Mas a proposta partiu de mim, o que eu esperava?

— Mais algum pedido, conde? Algo em especial? Precisa de alguma outra mulher para compartilhar a cama? — perguntei, sabendo que esse era seu gosto frequente em épocas passadas quando frequentava o clube.

— Imagino que a cortesã mais famosa de Londres seja capaz sozinha de satisfazer um homem. Nenhum outro pedido a acrescentar.

Assenti, engolindo meu orgulho, querendo gritar o quanto ele estava sendo ridículo e sofrendo por pensar no que sentiria na cama com aquele homem que me desestabilizava somente com um olhar e, principalmente, o que seria da minha manhã depois que descobrisse seu toque.

114 **Paula Toyneti Benalia**

Capítulo 20

"Você pode dizer sim até para um assassino apontando uma arma na sua cabeça e perguntando se pode atirar. Só não pode dizer sim para uma mulher. Creio que a bala na cabeça seja melhor opção."

(Pietro, Londres, 1800.)

Era isso. O casamento mais infeliz da história. Eu me comportando como o cretino de sempre, destruindo tudo que tocava. Nunca fui de acreditar em tolices, crendices e outras coisas que levavam uma pessoa a ficar estigmatizada ao passado, mas começava a mudar meus conceitos. Era como um castigo eterno! Ser punido de todas as formas pelas pessoas que me aproximava, pelo que desejava ou tocava, pelo que era de minha posse.

Balancei a cabeça pensando em quanto aquele pensamento era infundado. A incapacidade era minha de construir coisas saudáveis e de gerenciar minha própria vida.

Um adulto que desfez de uma fortuna em bebidas e mulheres se viu obrigado a casar-se com uma cortesã e agora precisava pagar para se deitar com a própria mulher. Eu era a personificação do fracasso.

Era assim que me sentia, vestido elegantemente, olhando para a escadaria de pedras em tons acinzentados que dava acesso ao salão de baile da nossa residência. O lugar estava divinamente enfeitado com poucas flores do campo, o que deixava o salão ainda mais elegante. Ele tinha uma beleza clássica e não precisava de muitas coisas para escondê-lo.

A pequena orquestra montada em um canto já ensaiava algumas canções e os empregados corriam para todos os lados terminando a arrumação antes da chegada dos convidados.

Meu coração batia acelerado como um bobo incompreendido, esperando pela visão de Nataly descendo as escadas. Naquela noite, ela seria uma lady, não uma cortesã e meu coração ansiava por vê-la vestida dessa forma.

Os últimos dias foram como se fôssemos dois estranhos, andando em direções opostas, como se corrêssemos cada um para um lado e cada vez nos encontrássemos mais. Ela me ignorava; eu fingia que não me importava, que nunca estava prestando atenção em sua frieza. Mas era como se eu soubesse de cada piscar de olhos seu, a quem seus sorrisos eram dirigidos na noite. Quando seu olhar sem querer se cruzava com o meu, eu sabia distinguir as batidas do seu coração sem senti-las. Elas se aceleravam e eu apostaria minha vida nisso.

Costumava passar muito mais tempo no clube, com medo de que outro a tocasse, ou roubasse de alguma forma a sua beleza com os olhares. Onde ela passava, hipnotizava os homens, como a todos no mundo, sendo a deusa que era.

E, correndo em direções opostas, nos encontrávamos na atração que sentíamos um pelo outro e depois tentávamos nos afastar por motivos que iam além da racionalidade.

Quando ela partia, eu me sentava nas mesas e jogava até o amanhecer, buscando, de forma doentia, o dinheiro para tê-la, porque precisava dela e, acima de tudo, precisava provar a ela que era invencível ao seu poder, que ela não me afetava, mesmo lutando contra meus próprios instintos. Eu queria tocá-la como todos os homens, castigá-la por me punir daquela forma e tê-la como uma prostituta, porque ela me fazia sentir como todos os vagabundos que a levavam para a cama, como um objeto que se comprava em uma loja de luxo. Não respeitava meus sentimentos, nem mesmo o fato de ser seu marido tinha alguma consideração naquela negociação, porque sim, era apenas um negócio.

Eu queria tocá-la e tratá-la como uma mulher qualquer da vida, almejava que sua dor se aproximasse da minha, porque ela parecia invencível...

Meus pensamentos foram interrompidos pela visão de um quadro, sim, a pintura mais linda que se poderia imaginar. Ela descia as escadarias, adornada pela moldura oval da própria construção em pedras que cobria as escadas e formava a porta de entrada.

Meus olhos percorreram seu rosto, onde sua pele branca estava marcada pelas sardas que ela não escondia, por camadas de maquiagem e sua boca não tinha o tom vermelho de sempre. Era de um rosado natural, que a deixava inocente, mas então você parava e olhava para o seu vestido, confeccionado em seda vermelha, de cor viva que lembrava vinho e sua postura impecável descendo aquelas escadas como a deusa do mundo. Era a combinação da perfeição.

Só ela teria a audácia de usar um vestido naquela cor, só nela ele ficaria perfeito, porque só a ela foi dado a beleza de Afrodite.

Meus olhos cercaram a cintura do seu vestido, toda justa de um drapeado que marcava seu corpo perfeito e depois se abria em várias camadas de saias que faziam um gargalhar quando ela se movia. Isso faria todos olharem por onde ela passasse. A capa, assim como as mangas, era de um tecido diferente, talvez cambraia, e tinha o que parecia ser milhares de minúsculas flores bordadas.

Então ela parou abruptamente, olhando para trás, procurando por alguma coisa e deixando a suas costas à mostra em uma grande abertura do vestido, onde os cachos soltos do seu cabelo cor de fogo se tornavam um próprio adereço da peça.

Ela estava irreconhecível. Ninguém diria que era a mesma Nataly do clube, mas os seus olhos estavam ali, os quais eu conhecia tão bem.

Meus olhos não piscavam e, quando ela voltou a olhar para frente, eles se cruzaram com os meus. O mar mais verde de todos, que me fazia perder a razão, e seu sorriso se abriu, porque sabia o poder que tinha e o que despertava em mim.

Quando seus passos se aproximaram, ela parou, me olhando com divertimento, e estendeu uma caderneta de danças.

— Helena me disse que devo anotar os nomes dos cavalheiros que devem dançar comigo esta noite neste papel e que é de extremo mau gosto dançar com o próprio marido. Diga-me, *coeur*, quem foi o tolo que criou regras tão estúpidas para o que deveria ser uma noite de divertimento?

— Ao meu ver, imagino ser um homem casado que estava extremamente infeliz com sua esposa e encontrou uma forma de se ver livre nas festas que participava. Quer desculpa mais perfeita para flertar com todas as mulheres da festa e ainda voltar com sua mulher nos braços para casa? Parece-me o plano perfeito — falei, me divertindo com suas indagações.

— E o que você me diria desta noite? Se fosse o homem a criar a caderneta de danças, o que destinaria à sua pobre mulher? — perguntou, estendendo-a para mim.

— Eu diria que esta caderneta ficaria em minha posse e que a mulher mais desejada do salão não poderia ir para os braços de outro, a menos que

O DIA EM QUE TE TOQUEI 117

enfrentasse um duelo comigo.

— Faremos como Helena e começaremos a dar escândalos em nosso primeiro baile? — perguntou.

— Depende de você. Deseja dançar comigo esta noite ou acha que poderia conquistar os homens mais importantes que farão jus a sua beleza? — perguntei.

Seu sorriso se aplacou, fazendo com que me odiasse a mim mesmo por ser tão tolo.

— Creio que dez mil libras paguem por todas as minhas danças — ela respondeu, me dando as costas.

Passei a mão pelos lábios, odiando por ter dito aquilo.

Ela se afastou, e eu a vi conversar com o mordomo e depois com os músicos que pararam para ouvi-la.

E ela comandou a noite como fazia com seu clube. Recebeu os seus convidados como se fosse a perfeita dama da sociedade, divertindo todos com suas conversas interessantes, porque ela poderia falar de vestidos com uma jovem, de livros com uma mulher e de política com os homens. Sua caderneta não foi vista durante toda a noite e, quando indagada se poderia conceder uma dança, sua resposta era de que estava com dores nos pés devido à correria do dia. Tudo dito com um belo sorriso no rosto e todos a compreendiam, todos! Porque todos os homens do salão desejavam dançar com ela aquela noite e meu desejo era duelar com qualquer um que lançava olhares de desejo a ela, que cochichavam entre si sobre a sorte de Vandick e como desejariam ao menos tê-la durante uma dança.

Quando a noite terminou, ela parecia feliz de alguma forma por ter se incluído no meu mundo, mesmo eu não compreendendo seus motivos.

Olhei para o salão vazio e esperei por ela para subirmos para o quarto. Ela parou onde a orquestra estava e pediu algo. Eles começaram a tocar uma lenta valsa.

Nataly caminhou até mim com o olhar cheio de sentimentos, os quais eu não conseguia distinguir naquele momento.

— Concede uma dança para sua lady? — ela perguntou, estendendo a mão, porque não era uma mulher que aceitaria o pedido de um homem. Ela comanda sua vida!

— Não quis dar escândalos? — perguntei. — Por que esperou até todos partirem para dançar comigo?

— Não, *coeur*! Porque quero uma lembrança do homem que você é antes que o dia amanheça e me traga todas as verdades. E essa lembrança será só minha. Não desejaria compartilhar com uma sociedade que acha repugnante uma mulher dançar com seu próprio marido.

Peguei sua mão e puxei-a para o meu corpo. Ela encostou seu rosto no meu peito e nossas respirações se encaixaram ao ritmo da música. Aspirei seu perfume amadeirado e fechei os olhos.

Dançamos por um longo tempo, como se o mundo se resumisse a nós dois. Sem conseguir controlar-me, levei minha mão até seu rosto e o acariciei. Eram forte demais os sentimentos que tinha por ela, muito além do que uma paixão passageira.

Era um sentimento que eu preferia não dar nome no momento, porque me levaria ao precipício mesmo eu já me sentindo em queda livre.

— A dança é libertadora. Se quer conhecer o homem que vai levá-la para a cama, dance com ele e vai compreender seu caráter — ela sussurrou. — Sabe se vai ser generoso, se vai ser paciente, se estarão no mesmo compasso da dança.

Afastei-me, encarando-a.

— Então essa dança é apenas um teste? Uma forma de saber com que tipo de homem se deitará em breve? — perguntei, incapaz de assimilar aquilo.

— Conheço você, Pietro, e não preciso de uma dança para saber o homem que é. Apenas constatei quão íntegro e generoso é.

Aproximei-me novamente, encostando meus lábios no seu ouvido.

— É uma pena que dez mil libras comprem seu corpo, mas não comprem o caráter do homem que se deita em sua cama — sussurrei em seu ouvido.

Ela me empurrou, olhando-me magoada. Eu desejava que dissesse que não precisaria daquele dinheiro, que aquilo foi dito em um momento de bobagem e que eu a teria como seu marido.

Ela abriu os braços e disse:

— Creio que já tenha demonstrado o seu caráter muito antes da manhã chegar. Vou esperá-lo no quarto, coeur. Estou à sua disposição esta noite.

Com uma das mãos ela segurou um lado vestido e subiu as escadas apressadamente, fazendo seu vestido flutuar, me dando as costas como fazia todas as vezes.

Eu a segui até o seu quarto e, quando entrei, tranquei a porta atrás de nós.

As velas estavam acesas e ela me olhava de forma desafiadora.

— Estou ao seu dispor, milorde — falou de forma ousada. Apesar do disfarce de boa dama da sociedade, ali, naquele instante, ela não era mais minha mulher, muito menos a boa moça. Era a cortesã me olhando de forma a despertar o desejo indecente.

Sua postura era outra. Ela mordia os lábios de forma provocativa e começou a levar as mãos até os cabelos onde foi soltando os grampos um

O DIA EM QUE TE TOQUEI

por um, mantendo seu olhar fixo nos meus até que todo ele estava solto e ela os balançou, provocando-me.

Caminhou até a minha direção e colocou as mãos no meu peito.

— Precisa me mostrar o dinheiro, coeur, e provar que pode pagar pela noite.

As palavras fizeram-me sentir extremante humilhado. Eu odiava aquela Nataly porque era a mesma que dormia com outros homens, era a que me magoava, era a falsa... Eu enxergava no seu olhar a mentira. Diferente de todos os outros que iam para a cama com ela, eu olhava nos seus olhos e eles não mentiam para mim.

Coloquei as mãos por dentro do paletó e lhe mostrei o pacote de dinheiro que tirei de dentro do bolso.

Ela abriu um sorriso, querendo demonstrar que estava extasiada. Mentirosa!

Seus olhos estavam magoados, ela fingia como uma perfeita cortesã. Levantou as mãos para pegá-los, mas eu as afastei.

— Primeiro a garantia de que serei bem servido — falei querendo magoá-la da mesma forma que fazia comigo.

Seus braços se entrelaçaram em meu pescoço e ela começou a beijar aquele lugar.

Peguei seus braços e a afastei.

— Nada de beijos. Nesta noite, é só seu corpo que me interessa — falei.

Eu sorria, fingindo como ela. Se teria uma cortesã, ela teria um lorde que a trataria como um objeto.

— Dispa-se para mim — ordenei.

Ela se afastou, mantendo o sorriso sem se deixar afetar.

Seus dedos começaram a desabotoar o vestido de forma provocativa, ela deu-me as costas, me pedindo em silêncio o auxílio com os botões.

Meus dedos foram até ela e, em uma forma de desvalorizar aquilo que ela também vestia, puxei o vestido com força, fazendo os pequenos botões enfileirados saltarem pelo ar.

Pude sentir sua respiração se acelerar. Medo ou desejo? Eu não saberia, ela estava de costas.

Deixei-o deslizar por entre seu corpo, sua beleza, sua pele, que para mim era intacta, mesmo sabendo que não.

Aproximei-me e afastei seus cabelos, colocando-os para frente e encostando meu corpo no seu, sentindo o pulsar do seu coração que atravessava o seu corpo todo.

O meu estava prestes a explodir. Foi assim que comecei a perder todo o controle.

Minhas mãos caminharam por seus seios desnudos e me aproximei do seu pescoço, deixando meus lábios ali, respirando com dificuldade.

Minha boca se curvou em sua orelha.

— Eu deveria puni-la esta noite. É isso que merece — sussurrei em seu ouvido. — De todas as formas, sem beijos, sem carinho, somente o sexo que comprei — completei.

— E não vai? — ela perguntou me desafiando novamente.

Minhas mãos desceram até seu ventre perfeito e as deixei escorregarem um pouco mais, enviando ondas de prazer por todo meu corpo.

— Tão ávida, pronta para mim... — sussurrei em sua orelha que ainda mantinha meus lábios aquecidos. — Terá sido pelo meu toque ou pelo pagamento antecipado? — perguntei.

— Creio que terá que descobrir sua resposta — ela sussurrou com a voz fraca de desejo por causa dos movimentos que minhas mãos provocavam em seu corpo.

Consumido por uma necessidade de tê-la, as palavras se perderam nos instantes seguintes e meus pensamentos ficaram fragmentados, sem saber se a punia, ou a amava.

Subi minhas mãos até os seus cabelos e os acariciei, virando-a de frente para mim, com medo do que encontraria ali.

Então ali estava de volta a minha mulher, a Nataly por quem me apaixonei, me olhando com desejo e ternura. Encarei-a, buscando por mais respostas e ela, incapaz de esconder o jogo, fechou os olhos, deixando o caminho livre para beijá-la.

Avancei sobre seus lábios, assumindo o comando, saboreando beijo por beijo, de uma forma lenta que me entorpecia, que me levava para algum lugar que até instantes atrás eu desconhecia.

Minhas mãos a tocavam e eu perdia o equilíbrio, a razão, os meus pensamentos ficavam incoerentes e a única coisa que eu encontrava era a sensação de alívio e paz.

Suas mãos desesperadas tiraram meu paletó e começaram a desabotoar minha camisa e, antes mesmo de ela estar ao chão, as mãos dela começaram a percorrer um caminho por meu peito.

Foi nesse instante, antes mesmo de tê-la por completo, que percebi que uma noite não seria suficiente e que, de alguma maneira que eu não compreendia, através de todo o estado doentio de minha mente, eu a amava.

Seus olhos, seu sorriso, suas lágrimas, e até seus suspiros... Eu conhecia cada detalhe da sua existência. Era como se ela existisse em mim muito antes de conhecê-la. E então eu a toquei e não foi só como uma descoberta, foi como se fôssemos um só. Era o toque de uma verdadeira deusa.

O DIA EM QUE TE TOQUEI

Paula Toyneti Benalia

Capítulo 21

"Não é o toque que importa e nem as mãos que fazem isso. O toque ganha significado quando ele perpassa seu corpo e atinge sua alma. Nesse instante, você estará marcada e não há banhos que apaguem essa sensação."

(Diário secreto de Nataly, Londres, 1803.)

NATALY

Era apenas outro homem que estava me tocando e eu não iria sentir nada, como nunca senti. Era isso que eu garantia a mim mesma quando ele entrou naquele quarto e me transformei na deusa do amor, na mulher que estava destinada a ser a cortesã!

E então ele me tocou e nada mais pôde ser compreendido. Meus pensamentos não me obedeceram, meu corpo não me pertencia mais e minhas mãos pareciam ter vida própria.

Eu poderia enganar com palavras, com sorrisos fingidos e até com suspiros de falso desejo, mas não controlaria meu corpo. Como esconder o desejo, a paixão? Como esconder o amor que me avassalava por dentro, que me fazia despencar de um precipício sem fim? Como controlar meu corpo que convulsionava de desejo, que ansiava por seu toque, e meu olhar que me entregava perante qualquer tribunal?

Eu poderia não ter sido de alguém a minha vida toda e não ser dele por nem mais um dia, mas naquela noite, eu pertencia a Pietro.

Não se pode lutar contra os seus desejos, contra os seus instintos. Contra o meu coração... Eu o faria na manhã seguinte, porque naquele instante, só queria ser dele e nada mais.

Como se faz com uma pluma, ele me pegou nos braços e me depositou na cama. Ficou paralisado, olhando-me por um longo tempo ali exposta para ele.

— Como pode... como pode tanta beleza, você deveria ser proibida aos homens — ele falou extasiado. — Eu nunca mais serei o mesmo — confessou mais para si mesmo do que para mim.

Terminando de se despir, sem tirar os olhos dos meus, ele se debruçou sobre meu corpo, agarrando minha boca, dessa vez sem a calma de antes. Era um beijo voraz que me roubava a alma, que sugava tudo de mim e me mostrava alguns sentimentos que estavam adormecidos, partes minhas que eu desconhecia.

E, dessa vez, eu me deitava com sentimentos. Pela primeira vez eu não repudiava o que fazia. E era maravilhoso!

— Deixe-me te amar esta noite, Nataly — ele sussurrou nos meus lábios. — Deixe-me ser o homem que você merece, que vai te tocar porque a deseja, me deixe ser o seu marido — ele suplicou com as mãos segurando meu rosto.

— Seja o que quiser, amor meu — respondi sem usar as expressões em francês que tanto eram comuns a mim e que, naquele instante, me pareceram tão erradas. — Sou toda sua, completamente sua e estou aqui para receber o que tem para me oferecer esta noite.

— Eu ofereço amor... Você aceita?

— Aceito.

Então nossos corpos se encaixaram perfeitamente, como estava escrito para ser em algum lugar das estrelas. Ele investiu contra meu corpo de forma lenta, como se pudesse me machucar. Com cuidado, com zelo... Deixei que a emoção me tomasse de todas as formas, sabendo que ele compreendia que, sim, eu poderia me machucar ali, talvez não fisicamente, mas ele me tinha e segurava meu coração em suas mãos de maneira perfeita.

Gemi profundamente, sentindo-o me preenchendo e olhei para o seu rosto jogado para trás em uma tentativa de controlar seus prazeres, pois a ele parecia que também sentia o prazer ferver.

— Pietro... — chamei, deslizando minhas mãos por seus ombros, puxando-o contra mim.

— Sim, minha deusa, estou aqui, estou aqui...

Ele beijou minha face, meus lábios e se deixou cair até os meus seios, mergulhando neles com perfeição.

Os seus movimentos começaram a se acelerar na mesma busca incessante que os meus, sem barreiras, sem nada que pudesse nos deter naquele momento, somente nossos corpos e nossas emoções, como se nunca pudesse existir um amanhã.

— Ah, Pietro, por favor... — implorei por alívio, indo ao seu encontro. Ali, não nos desencontrávamos, éramos perfeitos na nossa junção.

E foi assim que percebi que nada seria como antes, que o seu toque seria como um remédio que precisava para viver, que, quando a manhã chegasse, eu precisaria dele ao meu lado e que pertenceria a ele por completo. Ele me tinha! Eu o amava!

O prazer me atingiu no seu ápice junto ao dele, que chamava por meu nome incansavelmente enquanto eu não conseguia mais falar ou respirar. Fui apenas caindo, caindo e caindo em seus braços, que me controlavam em um precipício de prazer sem fim, até estremecer no seu aperto e deixar que as lágrimas rolassem por meu rosto ainda marcado pelo prazer.

Era algo que eu não podia controlar. Eu o amava de uma forma que me machucava e não conseguia compreender porque era muito mais que meu coração poderia sentir... Eu estava assustada. Assustada por saber que, pela primeira vez, não controlava meus sentimentos. Como seria quando ele me partisse ao meio? Quando ele mentisse e me desse as costas?

Pietro me abraçou e ali, deitados, cada um com seus próprios pensamentos, o seu silêncio demonstrava que ele estava balançado também.

Seus dedos percorreram meu rosto, secando as lágrimas que escorriam, e ele ficou ali, colhendo todas elas com os dedos. Mas as palavras faltaram, as promessas de um amanhã sumiram.

— Eu... — ele ameaçou dizer depois de um longo silêncio.

— Psiuuu... — Coloquei meus dedos sobre seus lábios, calando-o. — Não diga nada, será melhor. Por mim, não diga nada.

Ele assentiu e, me aninhando a ele, deixou beijos carinhosos em meus cabelos e ficou acariciando meu rosto até meu sono chegar. Até eu entrar em um mundo de fantasia onde eu pudesse amar e confiar, onde Pietro era perfeito como eu o via, onde o mundo não poderia ser cruel com as mulheres e onde elas só se deitariam com homens que as amassem e as honrassem como Vandick fez naquela noite.

O DIA EM QUE TE TOQUEI

Paula Toyneti Benalia

Capítulo 22

"Esposa, bebidas, mulheres, sentimentos."

(Pietro, Londres, 1800.)

PIETRO

Eu não tinha ideia de quanto tempo precisava para me recuperar de todos os sentimentos envolvidos naquela cama.

Eu a tomaria nos braços e faria amor com ela durante toda a noite se fosse possível. Ela era perfeita, incrível! Mas eu não faria isso com Nataly, não a vendo tão sensível. Ela precisava de mim e eu fiquei ali, abraçando-a, mesmo sabendo que nunca tinha sido bom em dar abraços calorosos. E, quando ela pediu silêncio, eu agradeci, porque não sabia o que dizer. Estava perdido, assim como ela.

Não conseguia imaginar os dias sem Nataly e a batalha começou a ser travada dentro de mim, pedindo para fugir enquanto era tempo, porque uma hora ela partiria. Todos iam embora, era a lei da vida! Mas que tempo seria esse? Ele não se compreendia mais sem a respiração dela, sem seus olhares mesmo que acusadores. Ela era parte de mim, mesmo não tendo parte alguma para compartilhar com ela.

Eu a vi adormecer e a noite foi cheia de dúvidas, medos e o sono em mim não foi companheiro. Quando os primeiros raios de sol entraram pela janela, ela continuava linda, perfeita, deitada em meus braços, não só como uma deusa, mas como um anjo.

Ela fazia jus a Afrodite, porque sua beleza era incomparável e o seu toque era mortal para todos os amantes. Ela marcava quando tocava! Peguei seu corpo com cuidado e a acomodei na cama, me levantando, buscando por ar, buscando respostas as quais eu não teria, ou talvez certezas que o mundo não me daria.

Me vesti sem saber muito bem o que fazer, se o sol traria Nataly, a cortesã, novamente para a minha vida. Retirei o pacote de dinheiro que encontrei ainda dentro do bolso do paletó e o coloquei em cima da cama, ao seu lado.

Se ela quisesse meu amor, poderia vir devolver meu dinheiro. Eu estava disposto a correr o risco de perdê-la, mas precisaria que ela viesse devolver o pagamento que foi imposto por ela!

Saí do quarto pela porta de comunicação e entrei no meu. Deixei a tranca aberta, esperando por sua entrada.

Sentei-me em um canto, junto com meu copo de bebidas que, mesmo pela manhã, me faria bem.

Não seria correto um homem se embebedar antes do sol estar alto. Parei no primeiro copo e mandei preparar um banho.

Eu precisava me desfazer ao menos do seu cheiro no meu corpo, porque esse sim me embebedava.

Arrumei-me e esperei. Esperei e esperei...

Mas ela não apareceu e senti o peso da minha entrega me mostrando como eu me enganara em pensar por um segundo que poderia amar e ser retribuído. Eu já tinha desistido desses sonhos há tanto tempo e agora foi aberta uma brecha para eles me atormentarem novamente.

Quando adentrei na sala de jantar para o desjejum da manhã, encontrei-a, sentada com uma xícara de chá nas mãos, esplêndida, como se o mundo fosse algo acima dela e não a pudesse tocar nem em um fio de cabelo que estavam perfeitamente presos em um coque.

Maquiada, ela me olhou por entre os olhos pretos de tinta que manchavam os olhos verdes da noite anterior.

— Você deixou o dinheiro todo na cama ao meu lado e não tive a oportunidade de perguntar-lhe se o satisfiz — falou com sarcasmo.

Aproximei-me da mesa, apoiando uma mão por sobre a cadeira, querendo arremessá-la contra a parede e ver a madeira se espatifando. Eu estava odiando, eu estava enojado...

Nem ao menos uma consideração pelo que oferecia a ela, nada!

— Não tem importância — respondi. — O dinheiro foi adquirido em jogos e, assim como o dinheiro sujo, não tem importância, a noite alcançou o mesmo lugar.

Ela assentiu.

Virei o rosto, incapaz de encará-la. Aquela não era a mulher doce que eu amava. Era alguém vingativa, que fazia das coisas mais importantes um monte de hipocrisias que pisava com seus sapatos todas as noites.

— Sabe... — Voltei a encará-la com a incredulidade em meu semblante. — Eu passei as últimas semanas tentando ser o homem perfeito para você. Busquei coisas da minha essência que eu nem acreditava que existiam, mas... mas você destruiu tudo! Tudo que te dá afeto e amor, você destrói e agora eu começo a entender porque vive sozinha.

Ela se levantou e bateu palmas.

— Está dizendo o homem que tem uma família agradável, amigos que o rodeiam e uma esposa afetuosa. Somos perfeitos um para o outro porque estamos fadados a arruinar tudo que tocamos — ela falou com desdém. — E não entendo por que está tão ofendido esta manhã. Não teve o que desejava?

Não, não, não! Ela não estava pensando isso do homem que oferecera amor a ela horas antes!

— Eu desejo tê-la como minha mulher, mas creio que a cortesã está tão enraizada em você que ela a sufoca.

— Nataly, a cortesã, é a sua esposa, milorde. Foi com ela que se casou e com ela que foi para a cama. Não foi isso que fez pela manhã? Pagou por meus serviços, sempre esteve com Nataly, a cortesã.

— Eu me casei com a cortesã e me apaixonei por Nataly. São duas mulheres diferentes. A Nataly é doce, amorosa e, mesmo com o poder que tem nas mãos, consegue cuidar das pessoas que a rodeiam e não o usa para destruir os que a cercam. A cortesã é vingativa, está com ódio do mundo e se coloca acima de tudo, como uma verdadeira deusa.

Trinquei os dentes até sentir a mandíbula dolorida. Como ela não enxergava o óbvio?

— Não se pode dividir uma mulher ao meio, nem apagar seu passado. Assim como você, conde, sempre será o homem que ama e depois abandona, que nutre sentimentos carnais e os do coração só deixa pelo caminho. Essa é sua essência, é isso que você é!

Lancei-lhe um olhar pétreo. Nada do que dissesse a mudaria. Ela estava cega!

Caminhei até a porta, deixando-a. Era isso que precisava fazer. Esquecê-la!

Eu nunca iria tê-la. Nataly estava fadada a se sacrificar por algo que eu desconhecia e eu... eu estava fadado a perder tudo que importava.

Subi até meu quarto, juntei minhas coisas e decidi voltar a morar no clube. A distância, ao menos que afetiva, seria importante.

Quando desci as escadas novamente, encontrei-a. Ela olhou com surpresa para o baú nas minhas mãos.

O DIA EM QUE TE TOQUEI

— Vou voltar para o clube. Não tenho mais motivo para ficar nesta casa.

Ela tentou dizer algo, mas parou.

Nada a ser dito!

Assenti em retribuição a sua falta de consideração.

— Certa vez disse a um amigo que era um idiota por desejar ficar com uma mulher para o resto da vida. E o achei um grande idiota — sorri com desgosto —, mas pior que desejar ficar com uma mulher para o resto da vida é desejar ficar com alguém que não sente o mesmo por você. E eu cheguei a pensar por um instante...

Seus olhos brilharam pelas lágrimas ali acumuladas.

— E pensar que George superou seu passado, a perda de Susan, me faz olhar para você e imaginar que tipo de mulher é! O que aconteceu com você? O que fizeram a você? — perguntei em uma última tentativa de entender.

Ela parecia paralisada. Tirou as mãos dos lábios e percebi que tremia incontrolavelmente.

— Quem é Susan? — perguntou.

Olhei-a de forma desdenhosa. Eu estava falando de nós e de repente eram Susan e George que importavam?

— A irmã falecida de George — falei desolado por tamanha falta de consideração.

Ela me deu as costas e percebi que buscava algum controle. Mas o meu já estava se perdendo.

Peguei minhas coisas e saí. Porque era isso que estava destinado a Pietro Vandick! A solidão e as perdas, e eu não deixaria me abater. Nunca deixei, por que seria diferente?

Talvez pelo fato de que a pessoa que mais importava naquele instante não estava sem respirar. Ela respirava e, quando fazia isso, tornava o mundo sufocante, porque carregava todo ar dos meus pulmões em suas mãos.

E dava nenhuma importância a isso.

Foi nesse instante que decidi odiá-la. Como no dia em que me obrigou a me casar com ela.

Eu odiava, odiava... eu a amava!

Capítulo 23

"Eu gostaria de viver, às vezes, não só existir."
(Diário secreto de Nataly, Londres, 1802.)

NATALY

Agarrei-me ao sofá e me sentei. O mundo estava no chão, devastado, quebrado, destruído.

Pietro partira como devia ser, como sua natureza o fazia ser. O dinheiro ao meu lado na cama provava que ele era como todos os outros e nunca estaria lá para me abraçar pela manhã.

E não tinha ar sem ele. Tudo perdia o significado, a importância.

Então George! Ele não poderia ser meu tio! Não! Ele nem sequer gostava de mim!

E ele estava ali, tão próximo... Se fosse... Por que me abandonar, por que um homem tão importante não lutou por minha mãe?

Eu precisava saber das respostas. Corri até o quarto e peguei a plaquinha com as iniciais que ela deixara.

Corri até a carruagem e pedi que me levassem até George. Eu precisava saber. Ele mentiu, disse que não tinha uma irmã.

O caminho pareceu infinito.

Quando senti parar, desci e, antes que alguém me auxiliasse, bati na porta do duque.

Estava transtornada e as lágrimas de ódio corriam por meu rosto.

Fui recebida pelo mordomo que anunciou que Helena estava caminhando com a filha.

— Eu preciso falar com o duque. É importante — supliquei.

Ele pediu um instante e, quando George entrou na sala, me encarou com sua prepotência de sempre, acima de todos, como se o mundo não lhe pudesse tocar.

— Em que posso ajudá-la, senhorita? — me pediu com a arrogância de sempre. — Aconteceu algo com Pietro?

— Por que mentiu para mim? Você teve uma irmã! — afirmei.

Confuso, ele colocou as mãos nos bolsos.

— Não creio que minha vida particular seja do seu interesse. Mesmo sendo mulher de Vandick, não tem esse direito.

— Reconhece isto? — Estendi as mãos, deixando o pingente pendurado.

— Eu... — retrucou ele, balançando a cabeça. — Não... Onde conseguiu isso? De quem pegou?

Ele parecia desesperado, perplexo em reconhecimento ao que via.

— Foi um presente... da minha mãe — afirmei.

— Quem é sua mãe? — ele perguntou rudemente. — De quem roubaram isso?

Exasperada, dei-lhe as costas, incapaz de olhar para talvez a pessoa que eu procurei por tanto tempo, que minha mãe dizia ser o anjo dela.

Um anjo que nunca foi salvá-la!

— Foi um presente de minha mãe Susan. Ela morreu de fome faz anos, em Paris.

Quando me virei, ele estava em estado de choque, olhando-me sem piscar.

— Creio que já tenho minhas respostas. Você conseguiu seguir sua vida, herdando tudo sem ter que se preocupar com uma irmã que se perdeu no mundo, envergonhando-o perante a sociedade. E eu cheguei por um instante a acreditar nos meus sonhos que você seria diferente.

Ele continuava impassível, sem dizer nada, olhando-me como se o mundo estivesse terminando.

— Susan falou de você por anos, em como era o irmão perfeito. Mas quando ela perdeu a voz, doente e faminta, percebi que você não era em nada perfeito, ou ela não estaria naquelas condições. Você teria lutado por ela. É isso que fazemos com as pessoas que amamos.

— Eu... eu a procurei, por Deus, eu a procurei. Como você...

— Como me transformei na cortesã que você repudiou por se casar com seu amigo? Eu não a deixaria morrer com fome...

Engoli as lágrimas e dei as costas a ele, abandonando-o. Eu não precisava dele também. Eu não precisava de homem algum.

Voltei para a carruagem e pedi para o cocheiro que desse voltas por Londres e só voltasse para o clube quando eu ordenasse. Fechei as cortinas e deixei as lágrimas rolarem. Não tinha ninguém ali para enxergar as minhas fraquezas.

Não sei por quantas horas elas caíram silenciosas, solitárias e tristes.

Meus pensamentos tentavam repudiar as lembranças, todas elas... Minha mãe no seu leito de morte, meu corpo sendo tocado enquanto ela morria, as dores que senti... Eu queria gritar que aquilo era injusto, mas as lágrimas eram silenciosas.

Sequei todas elas e me recompus quando achei que já eram suficientes.

A cota da Nataly frágil já dera por aquele dia. Tinha coisas importantes para cuidar. Bati no coche dando a entender que deveríamos retornar para o clube e, quando assim chegamos, eu era a mulher que nasci para ser: forte! Desci, olhando para cima, andando a passos firmes e entrei resolvendo tudo que tinha para resolver.

Mas algo mudou naquele dia. A única esperança, a única confiança de que os homens pudessem ser bons morreu com a descoberta de George e com a partida de Pietro naquela manhã. Eu me apeguei naquela vingança. Desenterrei minhas anotações e coloquei em prática meu plano de vingança contra Londres.

Cartas começaram a ser encaminhadas anonimamente, encontros marcados secretamente entre amantes e esposas em festas elegantes. Por descuido nos jantares elas se sentavam ao lado uma da outra, filhas legítimas que faziam amizades com as bastardas, amantes que descobriam que nunca seriam amadas de verdade. Era como se abrisse uma cortina em uma grande peça de teatro. Londres começou a ser exposta!

Ninguém imaginava o que poderia estar acontecendo, mas os rumores de que uma maldição estava lançada sobre Londres se espalhou rapidamente e os homens começaram a ficar apavorados. Eu imaginei que aquilo, como planejei a minha vida toda, traria duas coisas: a paz que meu coração buscava através da vingança e a ruína de muitos homens.

Mas eu estava enganada!

A ruína não chegou. Eles lotavam o clube como nunca, pedindo conselhos amorosos e dicas de que presentes deveriam mandar para que suas amadas os perdoassem. E elas, que agora eram minhas amigas por estarem em meus novos círculos de amizades, sendo eu a esposa do conde, me contavam como colares de diamantes tinham o poder de apagar o passado e escrever um novo futuro.

E o meu coração continuava cheio de amargura. Nada trazia a paz que ele tanto buscara. Porque nada traria minha mãe de volta, os meus sonhos antigos nunca seriam restituídos, a minha inocência não seria restaurada e a minha esperança nunca mais seria construída.

O DIA EM QUE TE TOQUEI

Cada dia eu me via mais amargurada, fechando-me em um ciclo onde eu amanhecia, sorria sem alegria, dizia *mon coeur* para pessoas que nunca seriam meu coração e perdia a ilusão até na Casa Esperança, porque a esperança saiu de mim. Marshala e Helena se afastaram, porque eu as afastei! A festa que prometi às mulheres da casa nunca aconteceu, os vestidos foram entregues sem as promessas, o clube seguia porque Pietro o comandava com mãos de ferro e eu pouco o via.

Eu era uma estranha no meu próprio mundo.

George tentou contato e eu o repudiei.

Era como se o mundo perdesse a cor. O fardo que carreguei por tantos anos finalmente pesava e a mulher que construí começava a ruir. Ela sempre foi uma farsa!

Doía ver que o mundo não se importava com as dores das mulheres, que não se importava com as que partiam, com as que eram tomadas sem querer, com as que estavam ali trancadas na Casa Esperança, mas não tinham esperança alguma, porque estavam carregando filhos bastardos de homens que a desprezavam dentro de uma sociedade que as humilhavam... Doía saber que o mundo não se importava com as marcas que eu tinha no corpo de queimaduras de cigarro, algumas cicatrizes de surras que levei... Eu era só mais uma e hoje sabia me defender. Mas éramos milhares. As prostitutas se empilhavam em Londres como ratos devido à situação econômica do país. Era lamentável.

Eu me sentia impotente. Buscava uma vingança que traria paz para o meu coração, mas ela só trouxe a verdade de que, no mundo, a mulher estava fadada ao fracasso por causa de sua simples existência.

Naquela noite, quando desci para o clube e olhei a grandeza do que tinha construído, pensei na incoerência de tudo. Era considerada uma deusa porque tinha uma beleza esplêndida que poderia levar os homens à loucura, mas tinha que esconder a identidade da verdadeira dona do Spret House, tinha que me esconder atrás de um homem, porque eu poderia ser uma deusa na cama, mas não poderia ser a construtora da minha própria vida. Era isso que Londres fazia com as mulheres; as sujeitavam aos homens como se fossem uma doença contagiosa.

Eu servia muito bem na cama, mas era somente lá. E estava cansada desse papel. Estava cansada de os homens serem os poderosos.

Sem limite algum, naquela noite, resolvi que mandaria os credores atrás de todas as dívidas dos homens do clube. Eu precisava ir em busca de mais. Se eu não os tinha tocado em suas famílias, eu iria onde mais doeria. Eu tocaria nos seus bens que estavam em meu poder.

Capítulo 24

"Amar destrói tudo, porque não há nada pior que se importar com alguém muito mais do que com você mesmo."

(Pietro, Londres, 1803.)

PIETRO

Sem controle algum, eu assistia ela se perder, dia a dia. Era como se afundasse em um mar de amargura do qual eu não conseguia salvá-la.

O que eu buscava era manter o clube, porque sabia que aquilo era a vida dela. De um instante para o outro ela o colocava em risco.

Algo estava muito errado com Nataly e eu não conseguia compreender. Vê-la daquela forma e não conseguir fazer nada doía-me.

As mulheres da casa começaram a me procurar com tristeza porque sabiam que a mulher meiga e de coração aberto não estava mais ali. Nataly estava se afastando de todos, tinha um olhar vingativo e ninguém sabia como trazê-la de volta.

Helena, que sempre se considerou sua amiga, vinha constantemente no clube e tentava falar com ela, mas era em vão.

George queria vê-la e não me dizia o motivo. Eu imaginei que era uma tentativa pela mulher.

Os vestidos de Marshala não a encantavam mais.

E tudo que eu encontrava eram anotações de todos os homens de Londres espalhadas por seu escritório. Ela mantinha uma infinidade delas que chegava a enojar-me ao imaginar como tinha conseguido tudo aquilo.

Naquela noite, eu a vi descer as escadas para o clube com um olhar sombrio e dar ordens para os credores do clube.

Barrei todos eles na porta até descobrir o que ela planejava. Ela mandou executar todas as dívidas. Aquilo implicava que centenas de pessoas teriam suas terras perdidas sem negociação, famílias iriam para a rua sem piedade e isso incluía crianças. Pedi que não fizessem isso e fui atrás dela, que distraia um duque na mesa de jogos e o fazia perder ainda mais dinheiro do que ele já havia perdido naquela noite.

Peguei-a pelos braços e arrastei-a pelo salão até o escritório não me importando com os seus protestos.

Tranquei a porta atrás de nós e ela me encarou com fúria.

— Quero saber o que está acontecendo com você — ordenei tremendo de fúria. — Eu não estou reconhecendo a mulher com quem me casei. Juro que estou tentando encontrá-la todos os dias.

Ela sorriu debochada.

— A mulher com quem se casou comprou você, pobre *coeur*, o fez de idiota proibindo-o de entrar em outros clubes, forjando papéis que você assinou e mentindo para o seu melhor amigo. Não a reconhece? — Seus olhos brilhavam de fúria.

— Não, não a reconheço. Porque, mesmo quando fez aquelas coisas, eu poderia ver a culpa em seus olhos e agora só vejo ódio. O que está acontecendo? Eu preciso acreditar que tem algo errado com você. Eu preciso encontrá-la.

Eu a conhecia tão bem e de repente ela era uma estranha.

— O que quer, Pietro? Vai contar alguma mentira novamente? Eu não tenho tempo agora. Tenho coisas importantes para fazer.

— Nataly, onde pretende chegar com tudo isso?

— Eu não pretendo chegar a lugar algum. Você que não me deixa em paz, não me abandona e insiste em cuidar de coisas que não são do seu interesse. Quer bancar o mártir?

Olhei magoado para ela. Eu precisava acreditar que aquilo que ela fazia a feria muito mais do que a mim.

Aproximei-me do seu rosto, buscando nos seus olhos a resposta que sempre encontrava, mas só encontrei desilusão, desgosto. Era como se ela tivesse desistido de viver.

Toquei seu rosto e, por um instante, uma fração de segundos, seus olhos se fecharam e percebi o quanto meu toque a afetou. Ela estava ali.

Dando um sobressalto, ela se afastou.

— Não dê ordens aos meus homens. Não se engane, você não manda aqui — ela falou remetendo aos credores.

— Não vou deixar você destruir lares inocentes por uma vingança que não é justa. Se me disser o que está acontecendo, eu posso tentar compreender, mas da forma como está agindo eu só vou julgá-la.

— Eu lhe absolvo desse papel, milorde. Já fui julgada e condenada no dia em que fui gerada. Não preciso de nenhum outro julgamento.

— Eu não acredito em você. Está mentindo. Esse papel não lhe convém.

— Então pague novamente para ver ou quer fazer uma aposta, *coeur?* — ela falou debochando de mim novamente. — Creio que perder dinheiro comigo tem sido a forma preferida de passar os seus dias. E, se me der licença, preciso retornar ao clube e manter a ordem dos meus planos.

— Não vou concordar com o seu plano infame. Vai ter que me matar para sair deste escritório e ir com ele adiante.

Ela me olhou fixamente e eu não saberia dizer se com horror ou incredulidade. Seus braços avançaram em minha direção, tentando me tirar do caminho. Segurei-os com carinho porque sabia que ela estava fora de si.

— Deixe-me passar, eu preciso destruí-los. Eles mentem! Vocês todos mentem e eu preciso vingá-la.

Encarei-a, tentando entender o que dizia. Dessa vez seu olhar era de completo desespero.

— Quem mentiu para você, querida? — eu sussurrei quando seus braços perderam a força e ela começou a ceder.

— Todos os homens mentem! — ela gritou. — Ele mentiu quando jurou protegê-la, ele mentiu quando disse que a amava. Eles mentiram quando disseram que não doeria, você mentiu quando disse que não ia embora, George mentiu para minha mãe...

E, antes que eu me desse conta, ela estava em meu braços soluçando. Era tanta dor que a apertei e senti minha alma se dividir em mil pedaços.

— George... — Eu tentava assimilar alguma coisa, mas decidi deixar. Ela só precisava chorar. Só precisa deixar de carregar o mundo nas costas por um instante. Nataly só precisava deixar de ser a deusa por um segundo...

Imaginei como poderia ser quando ela foi tocada tantas vezes sem ser amada, machucada quando ainda era uma criança. Apertei-a mais forte em meus braços e os soluços se tornaram mais profundos.

Eu a ergui e a carreguei até o sofá, apoiando seu corpo frágil no meu.

— Todos mentem... — ela sussurrou. — Eu não suporto como todos mentem...

— Não vou deixar ninguém mentir para você — prometi a ela, pegando seu rosto em minhas mãos. — Não vou.

Ela balançou a cabeça, negando. Não acreditava em mim.

Levantei seu corpo e a fiz encarar meus olhos.

— Não acredita em mim também, não é? O que fizeram com você,

O DIA EM QUE TE TOQUEI

meu amor? — Acariciei seus cabelos, querendo acariciar seu coração, querendo arrancar tudo que ali estava marcado. — Lembra quando lhe contei sobre meu passado? — perguntei.

— Creio que nunca esquecerei — falou com sinceridade e voz embargada.

— Lembra que disse que a perda me fez acreditar que ninguém mais no mundo me faria segurar em minha mão e me sentir seguro? — ela assentiu. Peguei em suas mãos e entrelacei seus dedos nos meus. — Eu seguro nos seus dedos frágeis, de uma dama, e eles me fazem acreditar que o seu mundo é o lugar mais seguro, onde quero fazer morada. Eu andei perdido durante tanto tempo e então chegou o dia em que eu a toquei e foi como tocar a vida... E eu não posso te perder também. Eu simplesmente não posso. Você me ensinou que existem outras formas de se perder uma pessoa em vida e não posso me permitir perdê-la, não agora que descobri que você me devolve a vida. — Senti as lágrimas pingarem em minhas mãos e só então me dei conta de que eram as minhas. Peguei seus lábios e beijei-os, não suportando por um segundo a ideia de perdê-la.

Seus dedos percorreram meu rosto enquanto eu a apertava cada vez mais em meus braços, investindo em sua boca de forma feroz porque não tinha controle dessa vez.

— Preciso tê-la, preciso de você...

Meus dedos avançaram por seu vestido e ela me deu passagem, jogando a cabeça para trás. Beijei seu pescoço, perdendo-me em seu cheiro, deixando-me trilhar caminhos que eu desconhecia e desejava percorrer com ela, enquanto a desnudava, ouvindo seus gemidos e sabendo que era ali o meu lugar.

Peguei seu corpo, deitei-o embaixo do meu e deixei-me olhar por um segundo o seu corpo nu. Seus cabelos estavam soltos, jogados em seu rosto e ela sorria, olhando-me como se nada mais pudesse nos atingir.

E eu a amei como nunca imaginei que pudesse ser capaz.

— Eu a amo... eu a amo — expressei, porque era forte demais para que ela não soubesse.

E ela tocou meus lábios como se não acreditasse no que saía dos meus.

Tomei seu corpo e nos tornamos um só, porque éramos e estávamos destinados a ser, o destino seria meu amigo dessa vez. Eu precisava acreditar nisso. Apertei-a com força excessiva quando o pensamento me tomou, afastando as ideias que naquele momento não estavam tão distantes como pensei e tinham a forma de uma noite sombria.

Capítulo 25

"Não existe paz em amar. Como você respira sem saber se o coração do outro ainda bate? Amar é um eterno tormento."

(Diário secreto de Nataly, Londres, 1803.)

NATALY

Era possível alguém olhar para dentro de você e reestruturar toda sua paz? Pegar você nos braços e tirar o peso do mundo das suas costas? Eu diria que não... Diria que era impossível, porque vivi uma vida de homens mentirosos. Estava marcada na pele e na alma por eles.

Eu olhei desde sempre para homens que nunca me retribuíram o olhar, que nunca perceberam que tinha outro alguém ali. Era só mais uma, alguém que daria alívio aos seus corpos e por tantas vezes eu ouvi "eu te amo" sem sentido...

E, de repente, ele estava ali, perfeito até nas suas imperfeições e eu fiquei assustada de tal forma que me fechei no meu mundo porque não acreditei. O mundo sempre foi cruel. Era assim. Sempre fora assim comigo. E o provei de todas as formas. Fui cruel, colocando-o em uma posição inferior, levando-o a todos os seus limites e, para me entregar, menti, dizendo ser só mais um que pagaria para me ter. Mas o pagamento maior seria o meu.

Outra vez acreditei que Pietro se encaixasse nos padrões dos meros homens que me tocavam. Mas ele nunca seria como os outros. Quando me tocou como o lorde que era em sua perfeição, eu menti a mim mesma que o pagamento era sua fuga, quando na verdade era a minha imposição. E continuei castigando-o, fugindo...

E lá estava ele novamente, me amando, reestruturando a minha paz, tirando um peso enorme das minhas costas e me mostrando que, de alguma forma, o mundo poderia ser bom. Quando ele me apertava em seus braços, eu me sentia segura... amada.

Não importava quantas vezes já havia ido para cama com homens. Quantos haviam me tocado. Era como se ele fosse o único. Porque me tocava de forma única.

— Nataly... — Ele investia em mim sem controle.

— Eu o amo... — Deixei me levar dessa vez quando senti que já perdia as forças e tremia em seus braços.

Porque o amava como nunca acreditei que pudesse amar um homem, porque amava a forma como ele me olhava sem julgamentos, como me compreendia com um simples olhar, como me surpreendia com um simples toque, como era sensível... Eu o amava em todas as suas formas. Simplesmente o amava.

Quando ele desabou sobre mim, gritando meu nome, eu o abracei, e ficamos ali por muito tempo, porque os minutos e as horas não nos importavam.

— O que significam essas marcas em seu corpo? — perguntei quando pudemos respirar novamente.

Meus dedos alisavam o pássaro que tinha gravado com tinta permanente nas suas costas.

— Eu gosto da liberdade que os pássaros possuem. Eu os invejava — ele comentou sorrindo.

— Não os inveja mais? — perguntei curiosa.

— Creio que agora não desejo mais voar sozinho.

Ele me deu um beijo rápido e profundo.

Aninhados ali, naquele pequeno sofá do escritório, era como se o mundo fosse perfeito, como se não tivesse um clube nos esperando e tantos problemas que nos rodeassem. Eu queria não pensar em nada naquele momento. Mesmo que as lembranças de George me tomassem. Eu as afastava.

— O que foi? — ele perguntou, percebendo a minha mudança de olhar.

Pietro tinha uma sensibilidade que eu desconhecia.

— Não é nada. — Balancei a cabeça.

Não queria que nada estragasse aquele momento.

Ele se sentou no sofá, acomodando-me em seu colo.

— Tem algo lhe incomodando. Todos esses dias... Algo aconteceu e eu não soube compreender. Diga-me, Nataly. O que houve?

— Conheceu a irmã de George? — perguntei franzindo a testa.

Ele balançou a cabeça.

— Apenas pelas tristes lembranças dele. Eu o conheci em uma das suas muitas buscas por Susan. George andou o mundo atrás da irmã e foi em uma dessas viagens que nos tornamos amigos. Aquilo o destruía e eu tinha a capacidade de me autodestruir também — falou com ironia.

Alguma coisa não fazia sentido. Minha mãe tinha sido abandonada e o fato de que George a procurou não fazia sentido. Não era a mesma pessoa que estava na minha mente.

— E então... George e Susan... — Eu tentava formular uma frase.

— Eles nunca se encontraram. Foram separados pelos pais na infância de forma trágica e George nunca perdoou o pai por isso. Era um homem amargo até outro dia. Foi Helena que o redimiu. Passou anos da sua vida buscando vingança e procurando por Susan. Quando descobriu que a irmã estava morta... — Pietro parou e me olhou com dor nos olhos. — Eu nunca o vi tão destruído. Creio que, mesmo ele não me dizendo, alguma parte dele morreu aquele dia. Ele desistiu de procurar pela sobrinha por medo de ter que enterrar outra pessoa. Foi a pior escolha que teve que fazer na vida.

Assenti, tentando compreender a dor de George, mas vendo-o como covarde que era também. Porque, assim como desistiu de Susan, desistiu de mim. Eu não o perdoaria.

Decidi manter o segredo de que George era meu tio comigo. Não colocaria Pietro entre nós naquele momento. Estávamos felizes e aquilo seria um obstáculo, sendo que George era seu amigo e eu já tinha interferido na amizade dos dois uma vez.

— Nataly, por que isso é importante para você? O que isso tem a ver com você? — ele perguntou desconfiado.

— É só curiosidade. Helena comentou outro dia e fiquei curiosa — desconversei. — Precisamos descer para o clube. Creio que nossa ausência foi sentida e isso será um problema.

— Não esta noite — Ele me puxou para outro beijo, que aceitei sem reservas.

Quando descemos de volta para o salão do clube, Vandick me abraçava de forma protetora e eu pela primeira vez me sentia pertencendo a algum lugar e aquele lugar era os braços dele.

— Nataly — Daiana me chamou, puxando-me pelo braço —, temos uma pequena confusão no bar que não está sendo controlada. O conde de Filger diz que precisa falar com você e que não sai da casa esta noite sem estar na sua presença.

Senti Pietro se retesar.

— Eu falo com ele. Você fique aqui. — Ele colocou os braços na minha frente.

Encarei-o, repreendendo-o.

— Esta casa ainda é meu clube e eu resolvo os problemas que são meus, *coeur*.

— O que um homem poderia querer com uma dama? — ele perguntou, me ofendendo.

— Vamos descobrir. Mas têm muitas coisas que um homem poderia querer com uma dama — esclareci. — Podemos descobrir juntos — eu o convidei, estendendo minha mão, que ele aceitou com pouco agrado, percebendo que não teria outra opção.

Minha mente buscou por informações do conde. Ele era um homem de muitas riquezas, casado com uma bela jovem que tinha metade de sua idade e que era incapaz de lhe dar herdeiros. Vingativo, ele decidiu mandar seus homens darem um fim na família da esposa como forma de puni-la e mantinha abertamente casos extraconjugais com outras mulheres. Eu havia descoberto um único segredo que ele escondia muito bem guardado, a sua grande paixão Maria Lia, uma bela mulher que mantinha em segredo afastada de Londres e que ele amava e cultivava com sua filha. Ele me confidenciou esse segredo em uma noite na cama, em que se embebedou demais depois de uma grande briga com Lia. Nos meus últimos dias de vingadora, os jornais de Londres descobriram sobre sua família escondida e soltaram notas nas colunas de fofocas e eu imaginava que ele estaria ali por isso.

Quando me aproximei do bar, ele me fuzilou com o olhar e se levantou da poltrona que estava sentado, bebendo.

Imaginei que teria muitas contas para pagar por causa dos últimos dias. E o preço não seria talvez muito justo.

— Sua vadia, vejo que anda protegida — ele falou com sarcasmo, olhando para Vandick, que se colocava na minha frente.

Sem me intimidar, eu o afrontei, passando por Pietro e encarando-o.

— Creio que o assunto seja entre nós e que, quando esteve comigo, eu não era uma vadia, *coeur*. Vamos manter o respeito que teve naquela noite.

Ele ameaçou levantar o braço e Pietro se colocou na minha frente.

— Se encostar em um único fio de cabelo dela, creio que vamos duelar.

Senti meu sangue gelar por imaginar tal situação.

— Por favor, cavaleiros. Não precisamos chegar a tal situação. Milorde, podemos nos entender sem ofensas. O que deseja? — Tentei acalmá-lo.

— Como ficaram sabendo de Lia? Eu confidenciei somente a você e agora Londres inteira sabe da sua existência? — ele perguntou com ira nos olhos.

— Por Deus! Você estava embriagado naquela noite e poderia ter dito a qualquer um como disse a mim. Não me julgue por seus pecados.

Ele balançou a cabeça, mordendo os lábios.

— Eu vou fingir acreditar. Mas se eu descobrir que saiu da sua boca, vou destruir você — me ameaçou.

Se ele soubesse que o poder de destruí-lo estava em minhas mãos... que eu sabia muito mais de Lia do que ele poderia imaginar. Pobre coeur.

Mas deixei que ele pensasse que tinha o controle. Era isso que dava o poder a eles e os traziam ao clube todas as noites.

— Não ameace a minha mulher — Pietro avisou, me puxando pelo braço e me tirando dali.

Quando nos afastamos, ele tremia por algum motivo.

— O que anda fazendo, Nataly? Por que se deitou com tantos homens para descobrir seus segredos e agora os compartilha sem piedade? Qual o intuito dessa vingança?

— Eu só quero que paguem por terem dado as costas para minha mãe quando ela precisou de cada um deles.

Ele balançou a cabeça, perplexo.

— Você só vai se machucar, meu amor. Só vai se machucar. Vingança nunca é um bom remédio.

— E o que é um bom remédio?

— O tempo e, principalmente, o perdão.

— E foi por isso que se perdoou por deixar sua família sair para aquele passeio naquele dia? O tempo fez isso?

Senti-me o pior de todos os seres humanos assim que as palavras saíram da minha boca, mas elas já tinham sido ditas e eu não as traria de volta.

— Você é cruel. — Foi tudo que ele disse antes de me dar as costas.

O DIA EM QUE TE TOQUEI

Capítulo 26

"Jogar pode ser perigoso, principalmente quando se joga com vidas."

(Pietro, Londres, 1803.)

PIETRO

    Minha capacidade de perdoar era imensa. Eu achava incrível como conseguia passar por cima das coisas que me magoavam. Sempre achei que não haveria nada no mundo que não pudesse ser perdoado e superado... a não ser a morte. E Nataly guardava ódio do mundo dentro de si. Eu não poderia imaginar como o mundo tinha sido cruel com ela. Preferia nem imaginar. Mas perpetuar o ódio pelas pessoas não a salvaria e ao que me pareceu, mesmo não sendo sua intenção, ela estendia sua raiva até a mim. Aquilo me magoava e a minha capacidade de perdoar e de ser idiota também tinha limites. Resolvi dar um tempo a ela e, depois de uma longa noite de sono, me enfiei no escritório para trabalhar.

    A parte mais difícil era encontrar algum espaço na mesa que não estivesse tomado por livros com as anotações dela. Era como se sua obsessão dos últimos dias tivesse se tornado uma doença que a consumia. Juntei todos os livros e abri alguns baús e comecei a guardá-los. Que ela se irritasse! Eu precisava do mínimo de organização para trabalhar.

    Estranhei quando encontrei um único diário guardado em um dos baús.

    Peguei-o, curioso, e abri, deparando-me com meu nome escrito nas primeiras páginas. Senti minha pele se arrepiar com o que encontrei e sentei-me para ler. Algo me dizia que eu precisava estar sentado para ler todo o conteúdo do diário.

No começo, eram anotações básicas sobre minhas primeiras visitas ao clube, minhas jogadas, ganhos, perdas. Continuei folheando e me deparei com todos os registros dos bens que lá perdi, minhas terras, minha herança. Registrados também estavam os nomes de todas as mulheres que dormiram comigo, o que pagava a elas, os segredos que compartilhava na cama, que eram poucos porque nunca fui de me abrir e o que dizia nunca passou de futilidades.

Em um ponto, Nataly relatava que a abordei embriagado no bar e ofereci muito dinheiro para tê-la. Contou recusar a proposta, pois não via interesse em me ter.

Mesmo conhecendo-a tão bem, a forma como escrevia tais coisas, a seu próprio punho, me atingia como um punhal nas costas.

Tentei dizer a mim mesmo que eram coisas do passado. Que a Nataly que estava ao meu lado agora era outra. Folheei outras páginas e me deparei com anotações recentes.

Nesta noite, ele me confidenciou como perdeu os pais e os irmãos. Eu jurei guardar seu segredo e senti que a forma como ele se desfaz de tudo que conquista está devidamente ligado ao passado. Não pretendo me usar do seu segredo. Mas tê-lo comigo se tornou importante, pois creio que nunca conhecerei os homens em sua totalidade. Saber de algo que ele esconde ao mundo me dá uma nova carta na manga.

Senti meu estômago embrulhar. Por Deus! Ela não tinha limite!

Eu era apenas um jogo? Ela não se cansava daquilo? Peguei o diário e o atirei ao longe. A capa dura e antiga se despedaçou, fazendo as folhas se espalharem por todos os lados, ao mesmo tempo em que a porta se abria e ela entrava, olhando com espanto para os papéis no chão.

— Enlouqueceu? — perguntou, o que me deixou mais irado.

— Sim. Enlouqueci no dia em que vendi minha alma a você e aceitei me casar. Onde eu estava com a cabeça? — Dei a volta por trás da mesa, andando de um lado para o outro, sem conseguir controlar minha fúria.

— Andou mexendo nas minhas coisas? — perguntou se fazendo de ofendida.

— Nas minhas coisas! — gritei. — Porque quando você escreve coisas sobre mim, elas não são suas, Nataly. São minhas!

— Está decepcionado comigo, eu entendo, mas me escute... — implorou quando percebeu o que se perdia no chão.

— Não estou decepcionado. Estou furioso! Você se abre para mim, mostra seu coração, eu a deixo entrar no meu e depois você o pega nas mãos e o usa como uma carta? Eu não sou um jogo! Estou cansado de fazer parte dos seus jogos. Estou cansado...

Sentia-me cansado de lutar por alguém que se destruía todos os dias. Tinha sido aquela pessoa por muito tempo e, quando decido que lutaria por ela, por nós... Eu achei que seria mais fácil. Mas ela estava começando aquele ciclo de destruição do qual eu fiz parte por muito tempo e não estava interessado em fazer parte desse também.

— Creio que você precisa terminar sua vingança. Ela está acima de nós dois. Eu a tive nos meus braços duas vezes, Nataly, e foi algo que não esquecerei. Talvez você seja a mulher que tenha ocupado o lugar mais importante na minha vida depois que perdi minha família, mas eu não vou lutar para te perder também, porque é isso que vai acontecer no final dessa sua vingança. Você vai se perder e não vai se encontrar mais. No entanto, se for diferente, se restar algo em você que possa compartilhar comigo, eu vou estar aqui, afinal, sou seu marido pelo mal dos meus pecados. Enquanto isso, serei como um estranho ao seu lado...

Parei quando a vi fechar os olhos. Aquilo doía nela, mas estava doendo muito mais em mim. Porque a ela restava a vingança; a mim, só restava dor.

— Se é isso que deseja... — falou como se não importasse nada do que vivenciamos. Ela conseguia ser fria em todos os sentidos. — Não pode me pedir que desista daquilo que busquei a minha vida toda. E se não entende, é porque não me ama o suficiente.

Abaixei a cabeça, decepcionado.

— É inacreditável como está cega. Eu não vou provar nada a você e nada do que fizer vai mudar sua opinião. Não vou dividir você com sua vingança. Agora... só me responda uma pergunta: algo do que tem feito contra essas pessoas trouxe sua mãe de volta, ou ao menos sua paz?

— Não é uma questão de buscar algo. É uma forma de punir culpados — ela falou de forma sombria.

— E em que lugar entro na sua lista para que você tenha anotações minhas, feitas de forma rude e cruel, dos segredos que compartilhei com você?

— Nem tudo é sobre vingança, Pietro — ela falou.

— E sobre o que seria? Eu adoraria compreender.

— Confiança, medo, eu não sei... — ela falou se perdendo em meio aos seus pensamentos.

O DIA EM QUE TE TOQUEI

Eu me perdi nos meus, buscando forças para manter-me firme no propósito de afastar-me porque sabia que Nataly precisava se encontrar e sozinha. E esse caminho seria longo e difícil. Mas eu não era um homem que estava pronto para pegar na sua mão e secar suas lágrimas. Eu era destruído demais para isso.

— Quando souber das coisas que procura, quando não for eu e a vingança, olhe para frente e me procure. E reze para que eu ainda esteja aqui.

Passei por ela e saí dali. Só preciso compreender uma coisa antes de deixar Nataly para trás. Precisava encontrar George. E foi o que fiz. Ele tinha algo a ver com tudo aquilo e eu precisava descobrir o que era. Porque, mesmo quando você tenta se desfazer de algo contagioso, não se pode quando ele já tomou todo seu corpo. Seria uma longa jornada.

— O que lhe traz aqui a esta hora da manhã, Vandick? Que me lembre, você costumava dormir neste horário. — George zombou ao me ver, mas não me passou despercebido seu rosto cansado.

— Eu trabalho agora para viver e as rugas que carrega no seu rosto são o que me trazem aqui.

Ele me ofereceu um copo de bebidas, estendeu a mão e me convidou a sentar ali na sala da sua mansão.

— Veio por Nataly — falou com desânimo. — Ela está bem? — Ele me olhou franzindo ainda mais a testa.

— Diga-me você. O que ela tem a ver com você, meu amigo? Porque não compreendo como seu nome tem saído da boca de minha mulher nos últimos dias, como não saiu em anos — comentei.

Ele balançou a cabeça.

— Você não sabe. Ela não lhe contou. O que eu fiz, meu Deus, o que fiz?

A preocupação me tomou quando vi George apoiar as mãos no rosto e chorar convulsionando.

A única vez que o vi daquela forma foi quando soube da morte de Susan e então... Tudo começou a fazer sentido e precisei virar a bebida que tinha nas mãos de uma só vez para me dar conta do que acabara de saber.

— Por Deus, Nataly é filha de Susan. Nataly é sua sobrinha...

— Como isso foi acontecer? Susan morta e sua filha uma cortesã? Jogada ao mundo sem minha proteção enquanto eu vivia no luxo da minha vida ducal... Não consigo pensar no que ela passou. E não consegui sequer olhar nos seus olhos, falar com ela. Entrei em estado de choque. Todo o ódio do meu pai voltou e eu estou me sentindo frio, como se o mundo pudesse ser muito cruel.

Ele me olhou desolado e senti pena de George. Era como se ele tivesse

148 **Paula Toyneti Benalia**

envelhecido dez anos em uma semana. Seu rosto estava cansado.

— Eu poderia ter dormido com ela, consegue acreditar nisso? Quantas vezes eu estive naquele clube? E como a julguei quando se casou com você! Eu tenho nojo só de pensar em tais coisas.

— Você não tem culpa, meu amigo, não tem culpa. — Tentei consolá-lo, sabendo que nada do que diria seria suficiente para aplacar sua dor e sua culpa.

— Depois que descobri sobre Nataly, mandei os detetives, que descobriram sobre Susan, irem atrás do passado da minha sobrinha e eu preferia ter morrido ao invés de saber tudo que me contaram.

Eu preferia que ele não me dissesse. Eu já sabia muito sobre Nataly e creio que já era o suficiente. Mas como poderia dizer a George que não queria saber do passado da minha própria mulher?

— Pietro, eles foram até Paris onde Susan passou seus últimos dias e descobriam coisas terríveis. Eu amava Susan e não pude fazer nada. Ela veio até Londres procurar ajuda de várias pessoas e não me procurou. Creio que meu pai a impediu, não sei... Nos seus últimos dias, passou fome e morreu doente, definhando em uma cama enquanto Nataly se vendia para sustentá-la. Conheceram uma senhora que contou ter visto Nataly um dia jogada na rua, coberta de sangue depois de ter sido espancada e abusada por vários homens que não deram a ela sequer o prato de comida que prometeram. — As lágrimas rolavam pelos olhos de George.

Eu queria implorar que ele parasse. Não queria imaginar Nataly naquelas condições. Eu não suportava...

— Ela dormiu com mais homens de Londres do que se possa imaginar e foi ganhando poder. Não sei como conseguiu isso. Era para estar morta como a mãe. Ela é uma guerreira. E eu queria me redimir de alguma forma. Mas o que farei? Pedirei desculpas? Darei dinheiro? Isso apaga seu passado, devolve sua inocência, traz sua mãe de volta? Não... Nada restitui a Nataly! Nada!

— Não é sua culpa, George. Eu sou a prova de que fez tudo para encontrá-las. — Tentei consolá-lo.

— Mentira! Eu desisti. Poderia ter feito mais, poderia ter lutado com meu pai.

— George, você era uma criança. Não pode voltar a se recriminar por isso. Já o fez uma vida toda. Onde está Helena? — perguntei desesperado, porque ela era a única que tinha o poder de colocar alguma coisa na mente de George.

— Ela saiu com Susan. A bebê estava chorando e ela foi dar um passeio pelo parque. Não tenho sido uma boa companhia para as duas.

O DIA EM QUE TE TOQUEI

— Você precisa se perdoar e Nataly vai perdoá-lo também. Só dê um tempo a ela.

— Eu preciso de você, Vandick. Preciso que cuide dela, que me diga tudo de que ela precisa... — ele me suplicou em desespero.

— George, Nataly ficará bem. Eu cuidarei dela — menti.

Ele já tinha problemas demais para saber que Nataly também enfrentava problemas no casamento. Foi até a garrafa de bebida e encheu o copo novamente, entornando de uma só vez. Nada poderia aliviar sua dor naquele instante e era um vão engano ele pensar que a bebida aliviaria seus males. Mas, no momento, pareceu ser uma boa ajuda e eu entornei meu copo.

E bebemos outro e mais outro... de repente, bebíamos pela mesma mulher. Chegava a ser irônico, principalmente o fato de embriagar-me por uma dama. Estava se tornando um hábito.

Capítulo 27

"Só se abre para o amor se não tem outro sentimento ocupando todo seu coração."

(Diário secreto de Nataly, Londres, 1802.)

NATALY

Ele não compreendia. Nunca compreenderia. E isso mostrava como éramos diferentes. Eu nunca seria mulher de um só homem, aquela doce esposa que ele esperaria no final da tarde para um jantar, para se sentar no piano e tocar lindas músicas... Eu nem sabia tocar piano. Era incapaz de organizar jantares elegantes, nenhum dom para costuras...

Minha vida era um clube de jogos, cuidar de cortesãs e cuidar de uma família chamada vingança!

Pietro era um conde e um perfeito lorde. Precisava de outro tipo de mulher ao seu lado e a culpa me consumia por tê-lo prendido naquele casamento infeliz.

Os sentimentos o fizeram sofrer e eu era a culpada por sua dor. O plano era não me envolver e, de repente, eu estava em seus braços, amando-o como nunca amei nenhum outro... Porque sempre me achei incapaz de amar alguém, mas eu o amava.

Porém, se tinha de escolher entre minha alma e meu coração, eu optaria pela primeira e ela era a minha vingança. O meu coração se curaria. Sempre se curou de tudo. Não seria diferente dessa vez. Eu garanti isso a mim mesma.

Eu repeti isso por horas, sentada no escritório, no sofá que antes nos amamos. Minha mente tentava apagar todas as nossas lembranças.

Mas a repetição me fazia sofrer e me lembrar de forma aguçada do que vivemos. Ele estava ali, em cada canto, na minha memória, na minha pele que sentia seu toque, nos meus lábios que sentiam seus beijos e nas minhas lágrimas que insistiam em cair.

Fingi que era passageiro, que no outro dia seria diferente.

E o outro dia amanheceu sem cor, porque era como se tudo tivesse perdido o brilho. Eu ansiava por seu sorriso, por suas brincadeiras, por sua alegria contagiante, por seu carinho... por seu amor. Ele não estava em lugar algum. Era como se soubesse exatamente dos meus passos e trilhasse um caminho avesso. Ele tinha desistido. Tinha partido mesmo estando ali no clube.

Eu passava as noites em claro no clube porque o vazio da casa era insuportável sem sua presença.

Pietro preenchia o ambiente onde quer que ele chegasse. Quando entrava no clube, eu não precisava vê-lo. Podia sentir sua presença, porque as pessoas o olhavam instantaneamente, os lábios se abriam para recebê-lo... Era como se ele tivesse magia no olhar e a disparasse com o sorriso.

Quando ele conversava com as meninas, com os fornecedores, ou com os membros do clube... Era como se hipnotizasse a todos. Todos riam das suas brincadeiras sem graça, dos seus comentários indecentes. Era como se fosse natural amar Pietro porque ele tinha o dom de amar as pessoas como elas eram.

Por Deus, ele se apaixonara por mim, uma cortesã! E nunca perguntou dos homens do meu passado, ou do que seria do futuro ao lado de uma mulher como eu. Mesmo assim meu coração não estava pronto para amá-lo porque ele era perfeito demais para as minhas imperfeições. Eu precisava me recompor.

Precisava ser a dona de mim novamente.

Alguém bateu na porta me fazendo secar as lágrimas rapidamente. Um hábito que eu não tinha e que me parecia ser comum: chorar. Odiava as lágrimas. Elas me deixavam fraca. Odiava me sentir assim. *Me* recompus, me levantando e acertando o vestido.

— Entre — anunciei.

— Madame, Marshala quer vê-la. Posso permitir sua entrada? — um mordomo, que recém contratamos, comunicou.

Assenti e rapidamente vi a mulher que nunca demonstrava muito suas afeições e seus sentimentos e tinha sempre uma postura impecável entrar e me olhar de forma espantosa. Se eu não a conhecesse, juraria que tinha acabado de ver um fantasma.

— Feche a porta — pedi ao mordomo que nos deixou a sós quando percebi que o assunto era importante.

— Preciso da sua ajuda — ela falou de forma rápida. — Preciso que me acolha aqui no clube por algumas semanas. Será algo passageiro e posso fazer vestidos, ou qualquer coisa que precise em troca do seu favor.

— Deixe-me entender. — Estendi a mão, tentando acalmá-la. — Não há problemas em ficar aqui, *chérie*, mas me diga o que aconteceu. Foi despejada, problemas financeiros...? Posso lhe ajudar de outra forma.

Era muito estranho. A loja era um sucesso e eu jurava que dinheiro não era problema para Marshala, mas, conhecendo o mundo como eu conhecia, as pessoas escondiam muitos segredos.

— Não, Nataly. Estou bem financeiramente. Só preciso me esconder do passado e não tem outro lugar mais perfeito que este. Ninguém do meu passado jamais pensará em me encontrar aqui.

— Se é o que deseja, não farei perguntas. Tem um lugar para ficar pelo tempo que desejar. E a loja? — perguntei.

— Helena vai assumir por uns dias. Eu deixei muitas coisas adiantadas e ela pode me procurar aqui se precisar de ajuda. Estamos trabalhando com várias mulheres agora. — Ela sorriu orgulhosa. — Eu agradeço imensamente.

— Este clube é parte sua também. Tem sociedade aqui e pode ficar pelo tempo que precisar. Creio que vou precisar sim do seu trabalho, mas não será um favor. Vou pagar por ele.

Eu tinha tudo em mente. Era o ponto final da minha vingança. Eu imaginei que precisava ver o sofrimento e a vergonha daqueles que nos fizeram mal de perto. A forma como vinha fazendo não me trouxe alívio. Eu precisava de mais.

Uma viúva importante de Londres daria um grande baile que estava sendo comentado por toda a sociedade. Ele era um marco na abertura da temporada de *debuts*. O que ninguém sabia era que Karoline foi humilhada no passado pelo marido morto e que compreendia meus sentimentos de vergonha daquela sociedade. Ela não sabia da minha vingança. Eu iria contar a ela sobre como os homens precisavam ser expostos para que no futuro as traições não se repetissem mais.

Então aconteceria um baile com toda a sociedade mais importante de Londres e eles se cruzarão com suas amantes secretas, suas filhas bastardas que estavam escondidas nos campos, muitas morando na Casa Esperança, esquecidas pelos homens. As mulheres esquecidas serão lembradas por uma noite. Isso não mudará suas vidas, mas eles pagarão por aquilo e eu estarei lá, em cima da escada, vendo cada um cair por uma noite. Porque atingir suas mulheres não os afetava. Eles a compravam e elas o perdoavam.

O DIA EM QUE TE TOQUEI

Então eu atingiria onde mais doeria. Eu os humilharei perante Londres. A vergonha é algo que Londres não esquece. Minha mãe foi jogada ao mundo por ser uma vergonha, mas foi silencioso. Londres esqueceu. Se ela estivesse com sua filha bastarda nos braços, a imagem de George seria manchada até hoje. Porque Londres nunca esquece um bom escândalo.

Eu darei a eles o escândalo do século. E de forma covarde. Eles nem saberão como foram atingidos.

As damas indesejadas vão receber os convites acompanhados de vestidos, porque muitas delas não têm condições de se vestir dignamente.

E Karoline não será culpada por ter amizades impróprias.

Marshala chegou em boa hora. Ela faria muitos vestidos nos próximos dias.

Eu esperava que aquilo acalmasse meu coração, porque ele buscava por algo que eu não sei o fim e eu estava ficando cansada daquela jornada.

Capítulo 28

"Aprendi a duras perdas que o dinheiro não compra tudo."

(Pietro, Londres, 1803.)

PIETRO

Eu segui. Tinha especialidade em seguir a vida depois de perdas. Só não achei que seria tão difícil. Quando você perde alguém que se foi para sempre é a coisa mais cruel que pode sentir no seu coração. Mas você não espera que ela volte. Você sofre, se nega a acreditar no começo, depois começa a vê-la em pequenas lembranças, rostos de desconhecidos e, por fim, aceita que não vai voltar. Para de esperar.

É engraçado porque eu esperava em todos os meus aniversários que alguém chegaria e me traria o bolo que a mamãe fazia, o abraço que só meu pai era capaz de dar e as brincadeiras dos meus irmãos que escondiam meus presentes todos os anos. Mas um dia eu deixei de esperar. Eles não voltariam. E aquilo dói, mas você sabe que é daquela forma e que nada vai mudar.

Mas com Nataly era diferente. Eu esperava que ela chegasse dizendo que estava arrependida, que nosso sentimento era muito maior que a vingança... Eu não sei. Só esperava e esperava...

E a dor de esperar por alguém que está vivo, que está bem e por quem você se doou é muito cruel também. Eu estava ficando bom em perdas. Precisava ficar bom em superá-las. A distância sempre ajudava. Eu tentava fingir que Nataly era uma estranha. No entanto, trabalhávamos no mesmo lugar, dividíamos os mesmos espaços e, mesmo quando ela não me via, eu me pegava a observando. Era como se eu quisesse enxergar que minha ausência a afetava também. Queria ver tristeza em seus olhos, mas era Nataly. Ela desfilava pelas noites como a deusa que era, como se nada no mundo a pudesse afetar. Mas, nas raras vezes que nossos olhares se cruzavam, a Nataly que eu amava estava lá, amarga, sofrendo e precisando do meu abraço.

E eu dava as costas a ela. Porque precisava esquecê-la. Precisava me proteger. A fuga foi trazendo a vontade de ser o Pietro que eu era antes de conhecê-la. Os jogos, as bebidas, as mulheres... era tão fácil. O mundo não pesava nas costas, porque quando ele estava muito pesado, eu o jogava no chão e saía para me divertir.

E foi isso que resolvi fazer na noite em que descobri os planos dela. Vi Marshala nos corredores do clube, encontrando-se com as meninas e tirando medidas. As paredes do clube tinham ouvidos e os planos dela com Marshala em fazer dezenas de vestidos não incluíam fazer caridade. Foi suficiente para que eu enxergasse que a vingança sempre foi mais importante e, assim como eu esperei em todos os aniversários, com ela seria da mesma forma. Ela não voltaria.

Troquei-me da forma considerada deselegante de sempre. O dândi prezava pelo colarinho da camisa virado para cima. Eu odiava aquilo me sufocando e o dobrava, deixando aberturas nos botões da camisa; as gravatas ou os lenços, eu os aboli completamente. Bebi um pouco antes de descer aquela noite. Eu precisava de algo correndo no meu sangue para me animar.

Desci animado para o grande salão do clube. Estava lotado como todas as noites. Os cavalheiros se divertiam de todas as formas, as mesas de jogos rodeadas, o bar com homens se amontoando e rindo alto e as mulheres desfilando entre eles sem pudor. Ali era o local onde ninguém da sociedade tinha recato.

Passei pelo bar, conversei com alguns conhecidos. Bebemos, rimos de piadas sem graça e me sentei na plateia para assistir o famoso teatro daquela noite. Era comum nas noites de sexta as prostitutas da casa apresentarem um pequeno show, se comparado aos espetáculos de teatros, e depois muitas delas seriam leiloadas para os homens que ali assistiam fissurados a cena.

Eu me lembrava da noite em que George arrematou Helena pensado ser uma prostituta. A inocente e escandalosa Helena o enganou tão bem naquela noite. Foi incrível e cômico.

Sentei-me na primeira fila como naquela noite e me deixei esperar ansioso pela apresentação. Estava decidido a participar do leilão. Uma nova mulher era o que precisava para seguir em frente, mesmo que aquilo doesse e me parecesse errado.

A espera pelo espetáculo era algo que aguçava os homens no clube. A música, a bebida, algumas mulheres desfilando entre as cadeiras e a cortina vermelha de veludo fechada sobre o palco juntamente com as velas acesas em lugares estratégicos deixava o lugar instigante. As cortinas se abriram e a dança bem ensinada durante toda a semana começou com cinco mulheres. Naquela noite, quem se apresentava eram Ava, Emily, Liz, Camila e Meri.

A dança era provocante, assim como seus vestidos de fendas laterais que chegavam às coxas, os decotes que deixavam muito dos seios à mostra e todo o conjunto levava os homens a um frenesi que os fazia bater palmas e comprar mais e mais bebidas. O clube faturava fortunas nas noites de sexta. Pensei em quem escolheria e cheguei à conclusão de que não importava. Ninguém era ela...

Parei sorrindo, me vendo ali há algum tempo, rindo de George e tendo conceitos diferentes de tudo que se passava na minha mente agora. Eu poderia tentar ser o Pietro de antes, mas estava marcado por alguma coisa que me modificava. E não tinha volta.

Decidi que escolheria a que tivesse os lances mais baixos, porque aquilo me favoreceria agora que eu não esbanjava dinheiro. Isabel começou as apresentações por Liz quando a música parou. Os lances começaram em 50 libras e logo já estavam em 120. Ela era uma jovem realmente muito bela e sua forma extravagante de ser e seu sorriso exagerado levavam os homens a desejá-la.

Decidi que não estava disposto a gastar tanto naquela noite. Tive a sensação de que alguém me observava e virei o rosto. As velas estavam quase todas acesas no palco e o bar estava escuro naquela hora, mas enxerguei os seus olhos me encarando. Eu os encontrei em meio à multidão, eu os sentia de olhos fechados.

Não sorrimos, não piscamos, não nos tocamos, não conversamos... Apenas nos olhamos, mas senti seus sentimentos me reprovando, sua respiração se acelerar e compreendi suas palavras em pensamento. Porque eu a compreendia... sem precedentes! Eu a compreendia, não aceitava, mas compreendia.

Fixei meu olhar no seu até ela ceder e desviá-lo, voltando sua atenção para o palco. Dessa vez era Ava que estava sendo apresentada. A moça de olhar inocente me ganhou desde a primeira vez que cheguei ao clube. Por mais que o mundo fosse cruel e eu a tivesse conhecido com os olhos roxos depois de apanhar de um homem com quem dormiu, ela mantinha a ilusão de um mundo belo e romântico. E eu adorava escutar suas histórias. Decidi que não daria nenhum lance por ela. Ava era uma boa amiga e eu não misturaria as coisas. Mas algo de inexplicável aconteceu naquela noite e o lance inicial de Ava era de 20 libras. Ninguém se ofereceu para levá-la. Não

O DIA EM QUE TE TOQUEI

157

que fosse vantajoso ser arrematada por um daqueles covardes que, assim como eu, precisavam usar de dinheiro sujo para ter uma mulher na cama para satisfazer os seus desejos mais sórdidos, no entanto, era humilhante estar ali e ser discriminada daquela forma.

Mesmo para uma cortesã, ela tinha suas honras. Escutei alguém comentar com o amigo atrás de mim que Ava estava sendo boicotada por ter espalhado boatos de que apanhou de um barão quando, na verdade, ela pediu para que ele batesse nela. Chamavam-na de vagabunda. Enchi-me de ira porque vi a dor de Ava e seus ferimentos. Ela foi surrada por um covarde! Levantei-me e gritei:

— 200 libras! — Um alvoroço se formou em torno de todos do clube e alguém levantou irritado e me encarou:

— Está fazendo isso para tentar levantar o nome da sua protegida? Quem pagaria para dormir com a mulher do seu próprio clube? Pois vamos ver. Eu dou 500 libras por Ava!

Muitos gritavam e batiam palmas. Ele me enfrentava porque sabia que o clube não poderia perder o dinheiro e, se eu estivesse blefando, deixaria a mulher para ele.

Mas agora eu a queria. Queria protegê-la daqueles homens nojentos e aproveitaria para tê-la. Precisava me aliviar de alguma forma.

— 1000 libras — gritei.

Dessa vez não houve palmas ou gritos, mas um silêncio estarrecedor.

— 1000 libras aceitas — Isabel gritou e Ava desceu ao meu encontro. Seus olhos pareciam assustados. Peguei na sua mão e lhe ajudei a descer as escadas, puxando-a para um abraço, esperando pela resposta do meu corpo. Eu estava abraçando uma mulher provocante, linda e que levaria para cama. Eu precisava que meu corpo reagisse. Nada! Era como se algo estivesse morto. Disfarcei e a trouxe comigo para o canto.

— Está bem? — perguntei preocupado com seu olhar de espanto.

— Eu não precisava de caridade, milorde — ela falou com ressentimento.

Afastei-a e fiquei de frente a ela.

— Não fiz caridade, Ava. Eu queria uma mulher para passar a noite e escolhi você — admiti.

— E Nataly?

— Nataly é só uma sócia do clube e parceira de um casamento falido.

Ela balançou a cabeça, assentindo.

— E deve estar acostumada com homens casados na sua cama — brinquei, tentado tirar um sorriso do seu rosto preocupado.

— Sim, mas são uns cretinos e sei que você não é.

— Conhece-me muito pouco. — Seus lábios se contorceram em um sorriso enviesado. Então a vi olhar por trás dos meus ombros, espiando o palco e olhei para ver o que chamava sua atenção.

Era Nataly, que subia no palco e falava algo para Isabel.

Não, ela não seria capaz.

— Esta noite será histórica, milordes — Isabel começou dizendo. — A mais desejada, a Afrodite dos sonhos de todos os vossos senhores, a deusa deste clube irá participar do leilão.

Ela apontou para Nataly, que fez uma reverência aos homens ali presentes.

Senti meu sangue congelar. Eu não poderia acreditar! Eu era um tolo! Claro que ela não ficaria de braços atados me vendo sair com Ava. Mas ela nem poderia saber se eu tinha arrematado Ava por caridade ou se a levaria para a cama. Ela não sabia das minhas intenções e estava se colocando à venda.

— Começaremos com lances de 1000 libras — Isabel anunciou.

E nesse instante um alvoroço tomou conta dos homens ali presentes. Era Nataly. Eles se matariam para tê-la, porque ela escolhia os que queria e agora dava a eles o poder da escolha.

Lances de 10 mil, 20 mil libras começaram a ser gritados de todos os lados.

Eu não conseguia absorver tudo o que acontecia. Era como se estivesse longe dali, assistindo minha tragédia em um camarote de teatro. Ela foi arrematada por um valor que minha mente preferiu não assimilar e eu só olhei para o meu inimigo. Era o duque de Kismor. Um jovem que chegara na cidade há poucos meses e estava no auge das suas farras e libertinagens. Era elegante, importante e bem apessoado. Eu não o deixaria tocar nela. Ninguém tocaria nela. Olhei para Nataly querendo compreender o que se passava nos seus olhos e eles me encaravam. Não era com ódio, nem arrependimento. Era com triunfo!

O DIA EM QUE TE TOQUEI

Paula Toyneti Benalia

Capítulo 29

"Na vida, você pode cultivar reis, damas, ases... As cartas que quiser. Mas, quando o baralho está oculto na mesa, o que importa mesmo é o seu esforço em ganhar o jogo."

(Diário secreto de Nataly, Londres, 1803.)

NATALY

Ele poderia enganar qualquer pessoa, não a mim. Pietro levaria Ava para a cama naquela noite. Sua intenção, quando se sentou para assistir o leilão na primeira fila, sempre fora comprar uma noite com alguma delas e me atingir. Ele poderia fazer aquilo reservadamente, mas queria que eu assistisse. Queria me ferir.

O que eu esperaria? Nada menos de Pietro. Essa era sua essência, ser o homem que te amava em um dia e, no outro, estava na cama com outras mulheres. Era a essência dos homens.

A diferença era que eu não ficaria chorando como as outras. Se era para ferir, atingiria seu orgulho.

Ninguém tinha me tocado depois de Pietro. Era algo que eu não sabia se estava preparada para enfrentar, mas precisava. O costume era esperar no bar até que a noite se acalmasse para sair com suas amantes, mas o duque parecia impaciente e me pediu que subíssemos assim que desci as escadas ao seu encontro.

Pedi que me esperasse no quarto reservado para a noite e que alguém o acompanhasse até lá. Eu precisava resolver só algumas coisas no bar, que parecia não dar conta do movimento da noite.

Tentei não procurar o olhar de Vandick. Não queria, mas sabia que se o olhasse me magoaria. Eu não conseguiria com ele me recriminando. E não poderia vê-lo com Ava. Doía muito mais do que poderia suportar.

Depois de uma hora, subi até o quarto com tudo resolvido, mas paralisei ao escutar uma gritaria próxima a ele. Corri até lá e encontrei Ava parada na porta, olhando-me com desespero.

— Desculpe, Nataly, tentei impedi-lo, mas ele estava descontrolado e disse que mataria o duque — Ava se explicou.

Pietro! Por Deus, ele tinha enlouquecido! Corri para dentro do quarto a tempo de ver o duque caído na cama com Pietro em cima dele, preparando-se para desferir um soco em seu rosto.

— Você não vai tocá-la — dizia de forma agressiva.

— Pietro! — gritei desesperada.

Ele me olhou e foi o suficiente para que levasse um soco do duque, fazendo-o se desequilibrar e cair no chão. Corri desesperada ao seu encontro.

— Você enlouqueceu! — Peguei no seu rosto sangrando, sem saber como agir.

Seus lábios tremiam.

— Eu não vou permitir... não permitirei — falou repetidas vezes.

— Sinto muito, Nataly — o duque se levantou, me olhando —, mas paguei por você e isso não incluía uma briga ou um homem no quarto. Expulse-o daqui.

Pietro tentou se levantar e eu o impedi com minhas mãos.

— Essa briga termina agora. Nunca tive escândalos assim no meu clube, milordes. Pietro — o encarei —, retire-se do quarto. Depois conversamos.

Dei espaço para que se levantasse dessa vez.

— Eu não vou a lugar algum.

— O que espera que eu faça? Que desista da minha aquisição? — o duque perguntou perplexo.

— Ela não é um produto que você adquiriu e se não está feliz, nos encontramos pela manhã.

A simples menção fez meu coração parar. Ele estava convidando o duque para um duelo! Eu não permitiria!

— Pietro, você enlouqueceu! Saia daqui! Ninguém vai duelar por mim. Pare com isso, *coeur*. Qual é o seu problema?

O duque acariciava o rosto, parecendo sentir dor enquanto seu nariz sangrava. Então pude ver seu sorriso malicioso. Ele gostou do convite! Porque era muito mais que uma mulher, era uma questão de orgulho!

— Não... não... — Tentei dizer antes que disparasse.

— Vejo você no amanhecer. — Ele deu as costas e saiu, parando na porta por um instante e piscando o olho para mim.

162   **Paula Toyneti Benalia**

Pietro estava parado na minha frente tentando limpar o sangue que escorria de um pequeno corte no seu supercílio.

— Não precisará duelar por mim. Eu devo matá-lo primeiro — falei com raiva. — Não posso permitir que faça tal bobagem. Além de ter o risco de morte, você se esqueceu de que os duelos são ilegais?

— Ora, não me venha com preocupações infundadas! Minha morte nunca lhe afetará. Você é intocável, Nataly. Nem o amor pode tocar você.

Dei de ombros a ele.

— Diz-me o homem que há semanas me tinha como o amor da sua vida e agora levaria Ava para a cama — falei com desdém aparente, mas no fundo me sentia magoada.

— Nataly, você me desprezou, escolheu sua vingança ao invés do que tínhamos e agora continua com seu egoísmo, ferindo-me mesmo que distante. Não sabes se eu iria para a cama com Ava. Talvez eu só quisesse salvá-la? Mas mesmo na incerteza você se vendeu!

Apenas o encarei e disse:

— Não existe diferença entre se vender e comprar. Você estava disposto a levar alguém para cama esta noite.

— E tenho todo o direito. Ao que me lembre, você recusou ser amada por mim.

— Eu não recusei nada! Você apenas não compreendeu minhas mágoas.

— Quando se ama, você renuncia a tudo. E eu não vi você renunciar a nada para ficar comigo. Não vou deixar que aquele duque infame durma com a minha mulher. E não é por você. É por honra.

Senti-me cansada ao dizer:

— Eu não sou sua mulher, Pietro. Sou apenas sua sócia.

A mágoa estampou o seu rosto e ele parou de falar por um instante. Até assentir e me dizer:

— Creio que não seja apenas isso. Imagino que você seja apenas minha dona. Ou talvez me considere uma carta do seu baralho que você usa como bem quer, como anda fazendo com todos em Londres. O seu baralho pessoal e manchado por um passado que a assola sem que perceba. Eu tenho pena de você.

Ele se desviou de mim e me deu as costas. Vê-lo partir me machucava, mas imaginar que pudesse se ferir ou morrer por mim me destruía. Chamei por Ava, que ainda estava parada fora do quarto, perdida.

— Preciso que coordene uma busca e descubra tudo sobre o duelo. Onde será, o horário e quem será o assistente de Pietro. Não posso permitir tal desfaçatez.

O DIA EM QUE TE TOQUEI

163

— Sim... sim — ela concordou.

— Ava? — eu a chamei quando se preparava para sair. — Estão proibidas de se deitarem com Pietro. É uma ordem!

Eu estava sendo ridícula, indo contra o que eu mesma havia estipulado. Mas se ele quisesse outra mulher, que fosse procurar longe do clube. Na verdade, longe dos meus olhos.

Pensei com clareza no que poderia fazer... Não dava para esperar por Ava. Eu enlouqueceria. George! Sim! Pietro iria atrás dele.

Procurei por um vestido descente e me vesti com urgência.

Saí correndo até a carruagem que sempre ficava à minha espera durante a noite e, desesperada, corri até a casa do duque de Misternham. As velas acesas demostravam que todos ainda estavam acordados àquela hora, o que significava que ele estava ali. Tinha que estar.

Anunciaram-me e fui recebida por George. Ele balançou a cabeça. Já soubera.

— Onde ele está? — perguntei apertando os dedos porque não tinha controle de nada e não estava acostumada a me sentir nessa posição.

— Já partiu. Sinto muito, não consegui fazê-lo mudar de ideia. O duelo será à noite. Não encontramos um lugar seguro para esta madrugada.

— Não encontramos? — Tentei absorver suas palavras.

— Sim, serei seu assistente. Não tive outra opção — falou abrindo os braços. — Vandick já enfrentou muitos duelos. Sempre encontrou uma forma de se safar. Vamos ter fé que será igual.

— Não... não... é perigoso demais. Preciso ir lá. Diga-me onde... Eu preciso estar lá.

De repente, nada mais importava. Seria a noite do grande baile, onde ficaria olhando cada um caindo na minha vingança. Mas isso se tornou tão sem importância... Tudo que importava era ele. Tudo que eu precisava era de Vandick vivo, ao meu lado... Eu precisava dele. Ele era meu ar. Sempre fora e não se pode viver sem o ar que você respira. Agarrei as luvas que tinha nas mãos, decidida. Nem que precisasse entrar na frente do revólver. Mas ninguém atiraria nele. Nunca! Não mais!

Capítulo 30

"Quando se ama, você descobre que a sua vida perde a importância sem o outro. O risco de amar não compensa. Perdi o sentido uma vez e nunca mais repetiria esse erro."

(Pietro, Londres, 1800.)

Nove horas da noite. Eu andava impaciente de um lado para o outro na frente da casa de George, esperando-o aparecer.

O duelo começaria próximo à meia-noite, mas eu precisava estar lá com antecedência para conhecer o terreno quando escurecesse, a fim de analisá-lo de todos os lados para não ser surpreendido.

Era minha eficiência nisso que me fazia sempre levar a melhor nos duelos e também a minha pontaria, que sempre fora perfeita.

Eu gostava de caçar quando mais jovem e isso fez de mim um bom atirador.

A porta se abriu e respirei aliviado, até ver Helena vindo ao meu encontro, enfurecida.

— Helena, eu...

Ploft. Sem que eu pudesse me defender, ela me deu um tapa na cara.

— Você está louca? Por que me bateu?

Ela ergueu a mão e apontou para a minha face.

— Isso é por levar George a um duelo. Ele é um homem que tem uma filha e uma mulher o aguardando em casa. Mesmo sendo só seu assistente, está predisposto a levar um tiro por você se for necessário. Você é um inconsequente. — Ela parou para respirar porque as palavras foram despejas com tanta fúria que nem chegou a piscar. — E se quer duelar como um inconsequente, faça longe do meu marido.

— Helena, pode se acalmar, por favor? George não vai se ferir. Vamos ficar bem — garanti com a confiança que sempre tive nesses momentos.

— Não se pode prever o imprevisível. Mas se tem algo que já pode ser previsto é que esquartejo você se George chegar com um fio sequer de cabelo faltando.

Ela me deu as costas e saiu marchando.

Eu gargalhei. Porque ela era o diabo em pessoa e ver George casado com Helena era algo que me dava crises constantes de riso.

Nataly era diferente. Ela nunca seria a mulher que se arriscaria por mim. Nessa noite ela deveria ir ao baile que tramou com Marshala para ver sua vingança sendo concluída. Essa era sua paixão. Era isso que a movia.

George por fim apareceu carregando o estojo com as armas.

Entramos na carruagem em silêncio. Eu poderia sentir os olhos dele me reprovando.

Meu amigo continuou em silêncio, mas eu podia sentir sua respiração acelerada e as palavras não ditas rondando sua cabeça.

— Fale, George. Diga tudo que tem para me recriminar.

Ele descruzou as pernas e se abaixou, me olhando nos olhos.

— Eu não imaginei que você pudesse continuar nessa vida. Não muda, Pietro? Duelo? Isso é ilegal e perigoso, achei que já tivesse aprendido!

— Não vou deixar manchar a honra de Nataly.

Ele se ergueu e sorriu, dessa vez não com raiva, mas com orgulho.

— Você é o único homem que conheço que poderia lutar pela honra de uma cortesã. Não posso imaginar ninguém melhor para estar casado com ela. Você a protege.

— Eu a amo e isso muda quem você é — anunciei.

— Não. O amor não mudou a sua essência. Você sempre foi um bom homem, um bom amigo, só precisava encontrar alguém que o amasse para que se transformasse em um bom marido.

— O problema é que ela não me ama o suficiente, meu amigo. E creio que estou encrencado.

— Você está absolutamente enganado.

Balancei a cabeça.

— Vamos nos preocupar com o duelo. Creio que seja o mais importante no momento — falei mudando de assunto.

A carruagem parou. Descemos no lugar escolhido, afastado de Londres para não sermos pegos.

Andei por todos os lados vendo o principal lugar para que fosse realizado.

166   **Paula Toyneti Benalia**

Quando o duque chegou, eu o aguardava no lugar que achei mais estratégico. Ele desceu do cavalo e seu assistente veio em seguida. Não o conhecia.

— Creio que podemos terminar logo com isso — falou fazendo sinal com a cabeça para o homem ao seu lado, que abriu o estojo de armas na nossa frente, escolhendo uma e entregando a George para que inspecionasse. Ele fez o mesmo.

Quando as armas escolhidas já estavam devidamente inspecionadas e em nossas mãos, nós nos afastamos o suficiente para que começasse o embate.

Apontamos a arma um para o outro e esperamos a contagem que George começou a fazer.

Eu poderia sentir meu coração sair pela boca. Não estava com medo. Nunca ficaria, mas a sensação de encarar um revólver apontado para o seu corpo costuma não ser das mais tranquilas.

— Oito... sete... seis... cinco... quatro... três... dois... um...

— Nãooooooo... — Escutei uma voz familiar gritar e, quando olhei, foi o suficiente para que minha arma se desviasse.

Foi rápido, muito rápido, mas minha mente paralisou como se tudo estivesse passando lentamente na frente dos meus olhos.

O tiro do duque passou de raspão no meu braço, mas o meu atingiu alguém... alguém que gritou e tentou impedir o duelo. E eu não poderia olhar para ver porque sabia que era ela.

George correu na minha frente e se ajoelhou ao lado do seu corpo que foi ao chão.

Meus olhos continuavam paralisados. Não conseguia me mover.

Porque não poderia ser, não... não.

Tudo de novo.

Eu era o culpado!

— Pietroooo... Pietro, me ajude... — Escutava ao longe George gritar.

Abaixei os olhos e vi o vestido claro dela começar a se encharcar de sangue perto do abdômen.

Ela estava morrendo e eu não poderia suportar perdê-la. Eu não suportaria.

Sempre soube que não poderia me apaixonar, que as pessoas partiam sem aviso, que alguma maldição me acompanhava, que eu sempre estragava tudo... mas era Nataly.

E eu a amava muito mais que a minha vida.

O sofrimento agudo me penetrou e rasgou meu coração.

Se ela partisse, eu... Se ela se fosse...

Eu era incapaz de pensar o que faria.

George a pegou no colo com facilidade. Ela parecia uma boneca, os braços moles de quem estava desfalecendo, e correu carregando-a para a carruagem.

— Pietro, preciso que você entre agora — gritou.

Mas eu não conseguia me mover. Não poderia vê-la morrer. Não poderia segurar sua mão como fiz com meu irmão por tanto tempo até vê-las geladas.

Ele não poderia esperar. Entrou na carruagem e partiu com uma rapidez surpreendente.

Senti que algo escorria pelo meu braço. Era sangue.

Olhei e vi o duque subir em seu cavalo e também partir.

E continuei ali, paralisado, sem saber o que fazer por horas.

Minha mente buscava socorro, pensar que tudo ficaria bem.

Mas não ficaria. Pensei que encontraria todos bem depois do acidente... mas a minha família estava morta.

E agora matei Nataly!

Os primeiros raios de sol chegaram e com eles a cena de guerra. O sangue dela por sobre a grama me mostrava que não teria solução.

Virei a cabeça e olhei para o meu braço que escorria sangue.

Não sentia dor. Não ali.

Eu acabava de morrer por dentro.

Foi quando senti meus movimentos voltarem e tudo que fiz foi colocar as mãos sobre o rosto e secar as lágrimas que eu nem sabia que derramava.

Eu estava caindo em um abismo profundo e não encontrava o chão.

Eu estava só caindo... caindo...

Perdendo-me na escuridão de tudo que guardei nos últimos meses, nos sorrisos que compartilhei com ela, no seu toque, no seu olhar...

Estava indo de encontro com os meus olhos verdes e eles se apagavam na minha mente.

Meu mundo estava se apagando. E eu me entreguei a ele, até sentir que atingi a superfície e meus olhos se fecharam de encontro à escuridão.

Capítulo 31

"Um duelo pode ter muitas motivações. Se pode duelar pela vida, honra, dinheiro, amor... Mas nada pode ser mais estúpido que duelar por uma mulher. Elas arrancam seu coração muito antes de ele levar um tiro.

(Anotações de George, Londres, 1803)

GEORGE

Eu a sentia desfalecer nos meus braços e o desespero tomou conta de mim. Não poderia perdê-la agora que a encontrei. Ela precisava saber que eu a amaria da forma que era, que a procurei por tantos anos... Ela precisava saber.

Eu era um tolo idiota. Como fui capaz de dizer o lugar do duelo? Eu nunca imaginei que poderia saltar na frente de Pietro, mas ela o amava. Com toda certeza, muito mais que a si própria.

Desci com ela nos meus braços em minha casa e o olhar de choque de Helena me fez lembrar que ele havia ficado para trás.

Nunca o vi daquela forma. Desconcertado, destruído. Mas agora eu precisava salvá-la.

— Ah meu Deus! — Helena colocou a mão sobre a boca, contendo os soluços.

— Preciso que me ajude. Precisa chamar um médico...

Ela correu antes mesmo que eu terminasse a frase.

Subi com Nataly nos meus braços até meu quarto e a coloquei sobre nossa cama.

Peguei alguns lençóis e comprimi seu ferimento. Ela gemeu. Graças a Deus estava viva e parecia tentar recobrar a consciência.

— Pietro... Pietro... — ela balbuciou sem força.

— Ele está bem, meu amor, ele está bem — falei acariciando seu rosto. — E você ficará também — garanti a mim mesmo. Ela ficaria. Precisa ficar.

Continuei comprimindo seu ferimento até o médico chegar. Foi a coisa mais angustiante que passei na vida.

Ele pediu licença ao entrar no quarto. Afastei-me e Helena me abraçou. Ela me conhecia tão bem. Ver Nataly ferida e sofrendo doeu, mas fiquei ali até o médico conseguir retirar a bala, ajudando com compressas e fazendo-a beber um pouco de álcool para suportar a dor, enquanto Helena ajudava segurando-a, que, mesmo fraca, se contorcia.

— As próximas horas e os próximos dias são importantes. Vamos torcer para que não pegue uma infecção — o médico falou quando terminou o procedimento.

Assim passamos a noite ao seu lado e, quando o dia amanheceu, permanecemos ali, colocando panos em seu rosto quente já tomado pela febre.

— Eu vou olhar por Susan e volto — Helena falou exausta.

Puxei-a para o meu colo e abracei-a, deixando um beijo em sua testa.

— Eu te amo. — Foi tudo que disse por ser tão perfeita, por estar ao meu lado em todos os momentos da minha vida e por estar viva.

— Não tanto quanto eu, meu amor. — Ela passou as mãos macias por meu rosto. — Ela ficará bem. É Nataly, ela sempre resolve as coisas.

Assenti e ela se levantou, me deixando com a mulher que procurei tantos anos e que agora poderia perder. Pietro não havia aparecido e eu começava a me preocupar com ele.

— Você precisa estar bem. Tenho tantas coisas para lhe dizer — falei, olhando para o seu rosto vermelho pela febre, que começava a ceder. Ela era linda como a mãe. Eram muito parecidas.

— Se Susan estivesse aqui, ela estaria segurando a minha mão e a sua agora também — falei. — Ela tinha uma capacidade de amar que eu nunca compreendi. Não lutei o suficiente por ela, mesmo passando todos os anos da minha vida procurando, precisava ter enfrentado meu pai. Mas vou fazer diferente por você. Você nunca será uma vergonha. Você é minha sobrinha e será conhecida por toda a sociedade como tal. Não me importo com o seu trabalho. Só quero vê-la feliz.

— Achei que Helena já era escândalo suficiente... — ela sussurrou. E eu dei um pulo na poltrona que me abrigava ao seu lado.

— Você acordou! Por Deus, é um milagre!

170   **Paula Toyneti Benalia**

Seus olhos abriram com dificuldade e me levantei, pegando um pano e molhando a sua boca.

— Esta família não se cansa de escândalos e conviver com Helena me fez desejar ardentemente por eles.

— Onde ele está? — Foi sua primeira pergunta.

— Eu não sei... Ele estava assustado e não se moveu quando a viu ferida.

— Precisa encontrá-lo, George. Precisa dizer que vou ficar bem. Eu sempre fico.

— Você só precisa descansar. — Passei as mãos por seu cabelo. Era inexplicável o sentimento de tê-la por perto.

— Por mim, vá procurá-lo — implorou.

— Eu estou indo. Só descanse.

Seus olhos se fecharam depois da minha garantia. Esperei Helena voltar e saí à procura de Pietro. Voltei ao local do duelo e não o encontrei, mas as marcas de sangue ainda estavam ali e me desesperei ao pensar que ele também poderia ter se ferido. Eu não me preocupei em socorrê-lo, fiquei tão desesperado com Nataly que só olhei para ela.

Andei todas as redondezas e não o vi. Então decidi procurá-lo no clube. Era estranho estar naquele lugar durante o dia. Ele era o lar de Nataly e vê-lo sem sombra alguma me aterrorizava.

— Ele está no quarto — uma das mulheres anunciou e me acompanhou até lá.

Parei na porta entreaberta e olhe-o fazendo uma pequena mala. Seu braço estava encharcado de sangue. Ele parecia um homem sem vida. Não tinha expressão alguma no seu rosto, que estava branco feito papel.

— Pietro? — chamei.

Ele parou por um instante e me olhou assustado.

— O que está fazendo? — perguntei confuso.

— Eu vou partir. Preciso me afastar — falou em desespero.

Empurrei a porta do quarto, entrando até segurar seu braço.

— Você não vai a lugar algum. Está ferido e vai para casa comigo.

— Eu a matei... Eu a matei — repetiu.

— Você não matou ninguém. Nataly vai ficar bem, principalmente se for vê-la.

— Não posso, George. Eu só preciso ficar longe. Eu destruo tudo que toco.

— Pare com isso, Pietro. Para onde vai?

Ele não tinha condições de se afastar daquela maneira.

— Eu não sei...

Juntou suas coisas e começou a se afastar. Desesperado, tudo que pude fazer foi oferecer um lugar para ficar. Ele não me escutaria. Estava transtornado.

— Vá para minha casa perto do Hyde Park. Você não tem para onde ir e a casa está vazia. Os empregados que cuidam dela estarão por lá.

Ele assentiu sem ilusão alguma. Se fosse qualquer outro dia, ele recusaria. Era orgulhoso demais para precisar dos meus favores agora que se casara.

Eu o vi sair e esperei mais alguns instantes ali. Era naquele lugar que Nataly viveu por tantos anos e me familiarizar com aquilo sempre era difícil. A volta para casa foi melancólica, mas cheia de esperanças, porque ela estaria lá. E Pietro só precisava de um tempo.

Esperei por tantos anos para tê-la comigo que era difícil até de acreditar.

Encontrei-a sentada na cama, pálida, mas tomando uma sopa que Helena dava a ela. Olhei nos seus olhos e vi a preocupação quando retornei sem Pietro. Assenti, acalmando-a.

— Ele só precisa de um tempo. Vai ficar bem.

Eu mandaria um médico vê-lo. Tinha ferido o braço e precisava de cuidados.

— Vou pedir para que preparem um chá — Helena se desculpou e saiu, percebendo que eu precisava conversar com sua amiga.

Sentei-me na beirada da cama com os sentimentos presos dentro do peito, que parecia explodir.

— *Me* perdoe... — comecei, precisando começar de algum lugar.

— Não precisa fazer isso — ela falou, sorrindo. — Eu não devo morrer — brincou.

— Eu preciso de você ao meu lado, Nataly, como minha sobrinha, como filha de Susan. Sei que vai me julgar para sempre porque a recriminei muitas vezes, mas eu amo Pietro como um irmão e vê-lo fazendo besteiras é algo que me faz perder a cabeça. Não confiei nele porque, se tivesse confiado, saberia que, depois de tantos anos no escuro, ele não poderia entregar seu coração a ninguém menos que você.

Segurei suas mãos.

— Eu as procurei uma vida inteira. Nunca perdi a esperança de encontrar Susan. Ela era a minha vida, era tudo de bom que eu tinha quando criança. Susan era como o sol trazendo luz todas as manhãs nas minhas sombras. Eu a perdi e não consegui fazer nada. Era uma criança e me culpei... me culpo até hoje por isso. Mas como enfrentaria meu pai? Ele era um demônio! Então cresci e dediquei a minha vida a procurá-la e me vingar por ela. Helena é a prova da minha vingança e de como elas são traiçoeiras.

— Sorri, pensando na minha mulher, que era a deusa da minha luz.

Ela olhou para o chão por alguns instantes.

— Por que parou sua procura? Se tivesse continuado, me encontraria

— perguntou levantando os olhos.

— Quando soube que Susan estava morta, algo dentro de mim morreu naquele dia. Nunca mais serei o mesmo. Pensei que você também estaria, afinal, como uma criança sobreviveria sem a mãe? Eu não poderia continuar com aquela esperança. Aquilo me matava todos os dias. Mas você é muito mais forte que Susan. Ela cuidou para que fosse assim.

Senti seus olhos marejados sobre os meus.

— Engano seu. Não existe ninguém mais forte que ela. E é por ela que estou viva até hoje, porque sua esperança ainda me move.

— Eu sinto tanto por tê-la perdido, Nataly. Eu daria minha fortuna, meu ducado... Daria qualquer coisa para ter Susan aqui de volta. Mas agora tenho você e quero que seja minha sobrinha por direito. Quero que o mundo saiba quem você é.

— Eu não poderia pedir isso, George. Estou bem dessa forma. Não vou me perdoar se manchar seu nome. Você estará destruído se descobrirem que sou uma cortesã.

— Destruído? Nessa sociedade hipócrita? Acha que me importo com isso? Casei-me com Helena — brinquei.

Ela sorriu e, quando o fazia, ficava idêntica à Susan.

— Vamos dar um tempo a você. No momento certo, estarei aqui para ser seu tio e o que mais precisar.

Ela apertou minhas mãos que estavam nas suas e senti vontade de abraçá-la. Mas era cedo para isso. Quando estivesse pronta, ela mesma daria o abraço que esperei a minha vida toda.

— Agora só preciso saber onde ele está! — pediu.

— Está na minha casa perto do Hyde Park. Isso vai passar — garanti a ela. — Ele volta. Pietro sempre volta.

Ela balançou a cabeça negando.

— Não. Desta vez eu o destruí por dentro de todas as formas e ele não vai voltar. Vou buscá-lo.

— Não por hora. Você só vai levantar dessa cama quando se sentir bem o suficiente. Isso deve demorar dias.

Ela assentiu e fiquei ali até que pegasse no sono. Então fui olhar Helena, que estava no quarto de Susan ninando a bebê. Não as atrapalhei, só fiquei observando por um tempo, agradecendo a Deus por ter uma família tão perfeita. E agora Nataly de volta. Nem merecia todas aquelas coisas, mas aprendi que o amanhã sempre poderia ser melhor. É o que minha irmã diria depois de um sorriso no rosto.

O DIA EM QUE TE TOQUEI

Paula Toyneti Benalia

Capítulo 32

"O problema foi quando apostei meu coração..."
(Diário secreto de Nataly, Londres, 1803.)

NATALY

Esperei George sair e tentei me levantar. A dor era insuportável. Com dificuldade, sentei-me na cama e senti minha visão escurecer. Eu precisava buscá-lo. Precisava salvá-lo!

Esperei alguns instantes e fiquei em pé, segurando na cama para não cair. Eu estava de camisola. Alguém tinha tirado meu vestido ensanguentado. Não teria forças para me vestir. Tentaria ir assim mesmo. Andei alguns passos, sentindo a tontura por ficar na cama muito tempo e a vertigem causada pela dor. Mas nada doía mais do que perder Pietro.

Chegar até a carruagem de George foi a coisa mais difícil que já tinha feito na vida. Os passos lentos, a dor dilacerante... E convencer o cocheiro a me levar foi a segunda mais difícil. Ele queria avisar o patrão, mas garanti que ele sabia de tudo e que estava ocupado com a mulher e a filha. Quando consegui entrar na carruagem com sua ajuda, joguei-me no banco, respirando com dificuldade.

O sacolejar era como faca enfiada no meu corte. Senti que o sangue começou a manchar uma pequena roda da camisola.

Mas o pior sangramento era dentro do meu peito. Eu só precisava dele e tudo ficaria bem. Quando a carruagem parou, pensei que não conseguiria, mas ele estava tão perto...

Desci, dando-me conta de como estava horrível para vê-lo. Os cabelos estavam despenteados, a camisola era imprópria até para uma cortesã andar pela rua de tão amarrotada e os pés descalços.

Mas eu cheguei até ali e não desistiria. Bati na porta e esperei ser recebida. Uma criada apareceu, olhando-me com espanto.

— Sou mulher de Pietro. Preciso vê-lo — anunciei.

— Ele... ele está no quarto. Não sai de lá, não sei se vai recebê-la.

— Não precisa me anunciar, só me leve até ele.

Assustada, ela me acompanhou, porque, mesmo ferida, eu seria capaz de passar por ela se fosse para vê-lo. Abri a porta do quarto e o encontrei olhando pela vidraça dos fundos que dava para um jardim.

— *Coeur...* — chamei.

Ele virou com espanto e ficou me olhando por um longo tempo. E então sorriu.

— Você está viva. — Foi tudo que disse. Não me abraçou, não correu ao meu encontro como eu desejaria. Mas a realidade me lembrava de como o afastei de mim.

— Vamos, venha comigo. Eu preciso de você. — Tentei me aproximar dele, que estendeu a mão.

— Não se aproxime de mim — decretou com os olhos arregalados. — Eu destruo tudo que eu toco.

— Não, você toca e o mundo se reconstrói — falei, sentindo toda a sua dor. — Sempre achei que nunca mais poderia amar, que o ódio era tudo que brotava no meu coração e então você chegou... E me tocou no coração só com seu olhar.

Mordi os lábios com dor, com ódio, porque passei os dias ao lado dele cega por uma vingança, enquanto se despedaçava de dor. Eu senti que não o merecia. Ele era bom demais para uma cortesã, para uma mulher amarga pelo passado. Mas eu o amava... Amava muito mais que a mim mesma. Daria a vida por ele e faria qualquer coisa naquele momento para tirar a sua dor e a sua culpa.

— Nunca foi culpa sua nem nunca será. O mundo tem seus próprios planos e tudo que você faz é carregar o peso dele nas suas costas. Está errado, *mon coeur.*

— Atirei em você e matei minha família. Sempre soube que amar é errado. Mas você... Eu não resisti a você — falou fechando os olhos.

Então, quando suas pálpebras se fecharam, as lágrimas correram do seu rosto. Foi muito mais do que poderia suportar.

— Nunca foi culpa sua. Você só sabe amar, Pietro. É incapaz de ferir alguém propositalmente. Eu preciso de você, amor, preciso de você e preciso que me perdoe. Eu estava cega de vingança, mas o que isso importa agora?

O baile, a vingança... Nada importava. Sem ele, nada importava.

176   **Paula Toyneti Benalia**

Aproximei-me mais, vendo que não tinha forças para se afastar.

Toquei seu rosto, colhi algumas lágrimas e deixei que as minhas caíssem sem controle.

— Eu sei a dor de perder. Conheço a culpa — falei me lembrando de como sempre pensei que poderia ter feito mais e minha mãe não teria passado fome se tivesse me entregado àquela vida antes. Quando a coragem chegou, era tarde para ela. A vingança era uma forma de tentar aliviar o peso que sentia também. — Mas precisamos caminhar para frente. Eu e você. Sem passado, sem culpa. Eu não mereço, mas você merece toda a felicidade que o mundo distribui e quero dá-la a você.

Aproximei-me do seu corpo e abracei-o. Porque queria que a dor dele passasse, queria arrancá-la com minhas próprias mãos.

Seu corpo se convulsionou em um soluço. A dor dele estava saindo. Aquilo que ele guardou por tantos anos. Apertei-o mais, mesmo com dores insuportáveis, porque nada se comparava a dele.

Beijei suas lágrimas, todas elas, que se misturavam com as minhas.

— Deixe-me amar você, deixe-me cuidar do seu coração. Eu prometo que, desta vez, não vou deixá-lo cair.

Tinha tantas coisas para dizer a ele... Como estava arrependida, como tinha sido incompreensível... Mas eu só queria que ele parasse, que toda aquela dor terminasse de uma vez.

— Eu odeio ter te ferido, odeio.

— Você não me feriu. Estava me defendendo. Foi um acidente.

Afastei-me e olhei nos seus olhos. Eu o amava tanto. Ele pareceu retomar o controle e se afastou.

— Eu vou ficar, Nataly. Você precisa ir descansar, ainda está sangrando.

— Vamos voltar para nossa casa... Vamos deixar que seja como era antes — implorei.

— Depois que se mostram as cartas na mesa, não se pode escondê-las. Eu estou destruído por te machucar, mas, de qualquer forma, você me trocou por sua vingança, não foi? O seu amor por mim se resumiu a anotações no seu diário falando do meu passado que poderia ser útil para você um dia. Creio que podemos sim deixar as coisas como antes. Eu sendo o Pietro que não se apaixonava e você, a mulher fria e cruel que mantinha distância. Ficaremos melhor assim.

— Melhor para quem? Não diga o que é bom para mim. Eu sei o que é e é você.

Ele estendeu as mãos e me afastou com delicadeza.

— Não fomos feitos para o amor. Algumas pessoas não estão predis-

O DIA EM QUE TE TOQUEI

177

postas para esse sentimento.

Coloquei a mão sobre minha ferida querendo sentir toda a dor que ela provocava, porque a dor que eu sentia por dentro era dilacerante e eu queria esquecê-la.

— Onde está o homem que me prometeu amor? — perguntei, lembrando-me da nossa primeira noite de amor.

— Ele compreendeu que promessas são falhas e não importa o que aconteça, ninguém pode segurar sua mão, nem na alegria e nem em tragédias. Ele compreendeu que as palavras têm poder, mas os atos são o que as tornam irrefutáveis.

Eu não poderia acreditar que ele não me perdoaria! Segurei seu rosto com as mãos, mas ele tentou desvencilhar.

— Você não pode desprezar o meu amor...

— Não se despreza aquilo que nunca existiu. Você ama sua vingança. É com ela que precisa ficar.

— Droga, Pietro! Eu a deixei por você quando te procurei no duelo.

— As palavras que lancei no dia em que pedi o passeio não voltam. A bala que saiu da minha arma não pode ser revertida... E os seus sentimentos são da mesma forma. Hoje você me quer porque se sente no dever de cuidar de mim. Amanhã, quando se lembrar da sua mãe, será diferente. Sempre vão faltar lacunas que você quer preencher e eu não serei suficiente.

Afastei-me, derrotada. Não se poderia lutar por alguém que tinha desistido de você. Ele me encarou de forma profunda e me deu as costas. Perdi o amor da minha vida e, junto com ele, o meu ar, minha esperança... meu sentido.

Era tarde demais para recuperar o que quebrei. Assim como fiz com minha mãe, a história se repetia. Eu falhava! Estava atrasada!

Saí de lá carregada de dores no corpo e na alma. Quando entrei na carruagem, deixei que os soluços ocupassem o silêncio da minha desgraça. Porque eu amava... Eu o amava... E não poderia fazer nada. Meu poder, meu dinheiro e tudo que achei que seria de valor não serviam para nada.

Apostei errado, escondi cartas na manga e blefei. Os jogadores que trapaceavam tinham mais chances de vencer, mas, quando perdiam, carregavam a desgraça e a vergonha. Era o que tinha feito com Pietro. A aposta tinha sido grande demais e eu estava arruinada.

Capítulo 33

"Muitas vezes, na imperfeição do outro, encontramos o nosso encaixe perfeito. Pode parecer cheio de defeitos aos olhos dos outros, mas o que importa mesmo é quem vai nos fazer sorrir no final do dia e quem vai nos acordar todas as manhãs."

(Palavras sussurradas por Pietro no ouvido de Nataly em um dia qualquer, Londres, 1803.)

PIETRO

Os dias passaram como se o mundo fosse um eterno vazio, e eu, o espectador da minha própria tragédia pessoal. A culpa de tê-la ferido passou quando retornou ao clube bem. Era forte como nunca vira e, em poucos dias, já desfilava por lá como a deusa que era. Como se nada a atingisse e isso me irritava. Ela tinha me dado as costas e depois voltado como se escolhesse o momento que me queria na sua vida. Quando eu disse não, ela se reergueu, como se o mundo não a atingisse.

E eu estava destruído desde o dia em que decidi amá-la. Na verdade, eu não havia decidido coisa nenhuma. Era como uma doença contagiosa que tomou meu corpo e não me deu escolhas. Queria esquecê-la com a mesma facilidade que a amei. Foi um olhar, um toque e ela já me tinha. Como turbilhão que revirou meu passado e meus sentimentos enterrados, colocou a mão sobre meu coração me dizendo que tudo era realmente passado, que o futuro a ela pertencia. Mas não! O passado ainda doía, e o presente ainda mais.

George sempre dizia, quando aparecia no clube, que eu era um tolo idiota. Agora que Nataly o aceitava como tio, ele tomava todos os partidos dela e nem um amigo eu tinha mais para compartilhar meus segredos.

Olhei para o meu braço, que ainda tinha marcas do tiro de raspão daquela noite, e aquilo me fazia compreender que tudo deixava marcas... Profundas ou rasas, elas sempre ficavam ali.

Vesti-me e desci para outra noite.

O destino não colaborava!

O primeiro olhar que cruzei ao entrar no salão foi o dela, os olhos verdes dela... Estava triste por alguma coisa e cansada. Eles me contavam. Sempre me contavam tudo. Mas então ela se virava e, sem vislumbrar meu mar verde, ela sorria e se transformava na Afrodite, aquela que perpetuava o amor e a desgraça dos amantes.

— Pietro. — Liz cutucou meu braço, me tirando dos devaneios. — Precisamos que alguém vá no escritório e procure pela ficha do barão de Rocksfele. Ele quer saldar as dívidas que tem com o clube. Você vai ou peço para Nataly?

— Eu vou — respondi.

Apressei-me em subir para lá, querendo me afastar daquela tortura. Procurei em todos os lugares e não encontrei a ficha do barão. Peguei a caixa dos livros que continham os segredos de todos que Nataly anotava. Talvez ela tivesse colocado junto.

Abri a caixa e deparei-me com o diário que ela anotava sobre mim por cima de todos. Ela tinha mexido, ao que parecia, há poucos dias. Peguei-o e folheie as páginas, indo até o final. Seria errado lê-las, mas eu nunca fui correto. A data era da noite anterior. Acompanhei suas palavras lentamente...

Depois... sempre depois. A dor incomparável de deixar para depois...

Eu adoraria que você lesse essas palavras, mon coeur, mas creio que seja tarde demais. Deixei para depois e o agora passou.

Sempre tive certeza de que tinha planos perfeitos e planejar me fazia sentir segura de tudo... a dona de tudo. Casar-me com você era um plano acertado que me levaria a ter mais poder sobre os homens de Londres. Então você chegou, me olhou e eu já nem lembrava quais eram os planos ao tê-lo por perto. E quando sorri, ahh, é como se o mundo parasse por alguns instantes e toda a magia se espalhasse pelo coração das pessoas!

Você tem o sorriso mais perfeito e eles superaram meus planos, tornando-os imperfeitos. E, como se tudo não bastasse, seu sorriso, seu olhar, sua beleza infinita, você mostrou seu coração e eu nunca conheci alguém que pudesse amar tanto sem pedir nada em troca. Mesmo quando o mundo é cruel com você, você não revida! Você ama. E eu falhei. Falhei com você, porque achei que poderia deixar para depois... depois da vingança, depois de tantas coisas. Mas você não é um homem que se deixa para depois. E eu o perdi.

Eu queria te dizer que você me completa... que você sempre foi o primeiro... o primeiro que amei, que desejei... Queria te dizer que acordar sem o seu sorriso para mim é como acordar sem o sol... que o seu abraço me protege, me acalma e eu desejo morar nele para sempre. Queria te contar que o futuro, que já parecia certo, se tornou repleto de incertezas, as incertezas que mais amei na vida, porque elas me fazem enxergar que é melhor viver sem saber de tudo. O mundo é cruel e não precisamos ter todas as respostas o tempo todo.

Você é a incerteza mais doce da minha vida, a mudança mais bela do meu futuro e o sonho mais incrível do meu viver. Queria te dizer que você me faz perceber que não preciso ser forte todo o tempo, que chorar é importante, que curar com o amor é sublime...

Soube que, em meio à tempestade, você seria o meu abrigo, que sempre secaria as minhas lágrimas, às vezes com um simples olhar.

Você aplaca todo o mal da minha alma e pega meu coração nas mãos quando me ama. Queria te confessar que, quando estive em seus braços, foi a primeira vez que fiz amor e que o seu toque curou as feridas que carrego de todos que me tocaram. Queria te

O DIA EM QUE TE TOQUEI

dizer tantas coisas, mas deixei para depois. Um depois que me mostrou que, sem você, nada importa. Nada... Eu vou viver simplesmente para te amar, mesmo que você não saiba o quanto, até o dia que você voltar e então eu poderei respirar, sem depois, sem amanhã e sem passado. Apenas um futuro onde eu possa ser digna do seu amor.

Olhei para o papel que tinha marcas das lágrimas que derramou para escrever, percebendo a intensidade dos seus sentimentos e compreendendo que nunca viveria sem ela. Nataly era parte do meu existir e eu precisava dela.

Corri para o clube à sua procura, mas não estava ali. Subi as escadas em desespero até o seu quarto e encontrei a porta encostada. Ela estava lá.

Sem pedir licença, abri uma fresta e espiei, garantindo-me que a encontraria.

E lá estava ela, toda deusa, perto da cama, olhando para o espelho. Ela não poderia me ver, estava escuro o corredor, mas eu via o seu reflexo... e pude vê-la se despojando com cuidado da maquiagem que tinha no rosto com um pequeno lenço.

Pouco a pouco, ela foi tirando, deixando aparecer sua pele clara e seus olhos verdes como adorno de tudo. Ela abriu o vestido e deixou que ele escorregasse por seu corpo, deixando-a nua. A perfeição de tudo que eu conhecia. Então libertou seus sentimentos, deixando as lágrimas caírem, que ela secava com os dedos delicados.

E ali estava ela, a mulher que eu amava, sem o poder da cortesã, sem o ar superior de quem nunca se afetava. Estava nua de corpo e de alma. E eu achando que era impossível, amei-a ainda mais naquele momento.

Empurrei a porta e entrei, fechando-a.

Ela me encarou sem dizer nada.

Também fiquei em silêncio, deixando que ele contasse tudo que as palavras não seriam capazes.

Seu olhar se fixou no meu e eu vi o amor, o pedido de desculpas, os arrependimentos e, acima de tudo, a mulher especial que ela era.

Fui ao seu encontro e a abracei, ela se apertou no meu peito... tão linda.

Tudo se dissipou. Ela arrancava minhas tormentas, meus medos e minhas inseguranças.

O medo de amar, de perder, se tornava insignificante quando ela me abraçava, porque não importava se seriam cinquenta anos, dez ou talvez um dia. Era melhor um dia ao seu lado do que uma vida inteira sem ela.

Eu nunca me arriscaria. Passei a vida me escondendo porque o medo de perder sufocava tudo. Mas ela era Nataly, a minha deusa e meu mar de olhos verdes... E, por ela, eu me arriscaria até a eternidade.

Beijei seus cabelos e fiquei ali, abraçando a minha esperança, na certeza de que não importa o tempo. Importam os momentos e os sentimentos.

Paula Toyneti Benalia

Capítulo 34

Descobri que o amava quando deixei de respirar por mim e comecei a respirar por ele. Foi assim que descobri porque sempre faltava o ar dos meus pulmões ao seu lado.

(Diário não mais secreto de Nataly, Londres, 1803.)

NATALY

O mundo nunca perdoaria as mulheres. Não em Londres... não no século dezenove. Foi o que compreendi com a minha vingança inacabada. Mesmo não estando no baile, Marshala me contou que não importavam os pecados dos homens. As mulheres sorriam e fingiam esquecimento.

Porque o mundo não tinha lugar para mulheres fortes, que suportariam enfrentar homens poderosos.

Não ainda. Eu sonhava com o dia em que pudéssemos ser quem quiséssemos, sem estarmos presas a um vestido. O dia em que não precisaríamos perdoar para ter o que comer, fingir alegria só para satisfazer. Estar à mercê de uma sociedade que perdoa os homens e crucifica as mulheres.

Pietro me mostrou que não importa o tamanho da sua dor. Se você amar, vai se curar. Era isso que eu tentava colocar em prática todos os dias, curando as minhas feridas com amor e as dele com beijos.

Fizemos uma fogueira com tudo que tinha anotado durante anos com rancor. Deixei livros novos para marcações de um futuro onde o importante para o clube era o dinheiro e não as mãos que o carregavam.

Na mansão que tínhamos comprado, na casa de campo, criamos a segunda Casa Esperança. Dessa vez, não só para as mulheres do clube que engravidavam ou deixavam aquela vida. Mas qualquer uma que precisasse de socorro quando a sociedade lhe dava as costas. E o dinheiro do clube ia em grande parte para nossas duas Casas Esperança.

E o nome carregava o meu ser. Eu me enchia de esperança todos os dias. Esperança de que salvaríamos vidas e que a trajetória de minha mãe, Susan, era a responsável por tudo aquilo. Ela se apagou para iluminar centenas de vidas. Isso acendia meu coração e me curava dia a dia.

Pietro vivia em uma corda bamba, perguntando-se todos os dias se eu estaria viva no próximo. Descobri que não era só por seu passado. Era por um amor infinito que ele alimentava por todos.

A perda o afetou daquela forma, porque amava incondicionalmente a todos que entravam na sua vida.

Eu passo os dias olhando-o, observando-o de longe e me dando conta de que talvez nunca serei merecedora do seu amor. Mas a vida ensina que podemos ser melhores a cada dia quando precisamos merecer alguém. Eu aprendia todos os dias essa lição. Quando o medo excessivo o atropelava, eu segurava sua mão porque agora ele tinha alguém para segurá-la. Quando a saudade era infinita no meu peito, ele me abraçava e o mundo ficava bem. Porque ele é o meu mundo.

O nosso amor se multiplica todos os dias.

Já George insistia em me apresentar ao mundo. Ele precisava daquilo e eu não me sentia preparada. Estava acovardada por meus medos, principalmente pelo de destruí-lo perante a sociedade, mesmo ele garantindo que não se importava e que os escândalos de um duque sempre eram esquecidos.

Por isso, eu me olhava no espelho refletindo sobre tudo, vestindo outro modelo de Marshala e Helena, dessa vez azul-marinho, sem saber se iria ao baile que George oferecia aquela noite para a grande apresentação.

— Ainda está aí!? — Pietro entrou no meu quarto do clube que agora era nosso.

Pretendíamos comprar outra casa e eu apostaria que seria incapaz de morar nela, porque expandir a Casa Esperança me parecia bem mais interessante. Não contei a Pietro. Quando a casa estivesse comprada, eu pediria e ele aceitaria com um sorriso no rosto. Esse era o homem que eu amava.

— Não sei se devo ir — falei insegura.

— Olhe para mim, Nataly — ordenou. Quando obedeci, ele tocou meu rosto. — Se não quiser ir, creio que seja porque compreendeu que aquelas pessoas não merecem ter você circulando no seu meio. Deixar de ir porque vai escandalizá-los, ou por não ser digna, é a pior mentira que ouvi na vida. Eles não merecem o chão que você pisa, meu amor. Mas estarei lá, ao seu lado, te ajudando a suportar toda aquela hipocrisia.

Segurei o rosto dele com as mãos.

— Meu mundo só com você é suficiente, *mon coeur*. Não preciso de mais nada.

— Está enganada, meu amor. Você precisa do mundo. E ele se rende aos seus pés, minha deusa.

Seus lábios tocaram os meus, delicados como sempre, me amando em cada beijo de forma lenta e carinhosa, mostrando que com ele, sim, eu poderia ter um mundo... Um mundo onde um homem me honrava e me fazia respirar o ar mais puro que eu poderia imaginar.

Afinal, ele era meu tudo e a minha respiração.

E foi dessa forma que descemos as escadas e entramos na carruagem, rumo ao novo que nos esperava. Meu rosto tinha a maquiagem carregada de sempre, porque esta era eu e nada mudaria a minha essência. Mesmo que vestisse roupas de dama, continuava sendo a Nataly cortesã, mas agora de um único homem.

Quando cheguei ao baile, George nos esperava na porta e pegou no meu outro braço. Assim, conduzida de um lado por Pietro e, do outro por George, eu entrei como Nataly, a prostituta, na festa, mas eu era muito mais... Eu era a mulher de um conde, a sobrinha de um duque, dona da minha vida e das minhas escolhas. E senti orgulho... Um orgulho infinito, porque eu estava nos braços de dois homens que me deixaram ser quem eu quisesse, da forma que quisesse, em um mundo onde as mulheres não poderiam nem dizer "não". Eu poderia dizer sim, não... e eu te amo. E eu amava.

Um homem importante na sociedade se aproximou, olhando-me com nojo.

— Receio ter que sair desta casa. Enoja-me ver que um duque e um conde aceitem sequer pisar no mesmo chão que uma prostituta que já se deitou com mais da metade dos convidados.

Pietro o segurou pelo colarinho. Os seus olhos estavam carregados de fúria.

— Receio que eu mesmo precise tirá-lo daqui, pois não encontro dignidade suficiente para que você pise no mesmo chão que ela. Você se deita com prostitutas enquanto sua mulher cuida dos seus filhos e se acha melhor que os outros por isso? Nem um único fio de cabelo seu merece cair no chão que minha mulher pisa.

Ele o puxou porta a fora enquanto todos olhavam pasmos, sem sequer respirar. Depois de jogá-lo alguns degraus abaixo, vi George soltar meu braço e ir até o homem caído no chão e cochichar alguma coisa no seu ouvido que o fez sair correndo, mesmo mancando.

Quando voltaram e pegaram no meu braço como se nada daquilo tivesse importância, perguntei a George o que disse ao homem.

— Melhor nem saber.

Olhei para Pietro, que sorriu, levantando a sobrancelha como sempre. Seu charme não tinha fim.

Olhei para George, que sorriu de forma mais polida, mas com os olhos brilhando de felicidade. E então olhei para frente, para todas aquelas pessoas que nos olhavam escandalizadas e sorri. Porque não importava. O importante é quem você ama e quem ama você. Nada mais.

Epílogo

PIETRO

Eu não sei se deveria fazer isso, mas sinto que hoje é a minha despedida. E não se despede sem dar notícias, sem dizer que vai ficar bem.

Quando partiram, eu perdi tudo e não se perde a família. Perdi muito mais. A esperança de dias melhores, os sonhos, a alegria em pequenas coisas... Era como se eu precisasse sobreviver, mas o viver me tinha sido arrancado. Então, de forma inapropriada, porque não seria diferente com ela, eu a vi. Era só mais uma linda mulher... Mas então eu a toquei e foi como se tivesse tocado no meu coração.

Ele despertou para tudo que estava morto até então. Ele se aqueceu, voltou a bater. Ela é o meu orgulho, minha melhor metade, o pulsar do meu coração... É meu mar infinito de cor verde.

Às vezes, sonho que a apresento para a mamãe e para o papai, e que meus irmãos brigam com ciúmes porque ela é a mulher mais bela que conheci e eles a disputariam comigo. Sim, ela me trouxe de volta a capacidade de sonhar. Mas vocês nunca mais estarão aqui, e isso não significa que não os sinta.

Ao invés de me apegar às perdas, ela me ensinou a agarrar o que tenho, aqui e agora, porque os dias passam e não sabemos o que será deles e quem estará ao nosso lado. Compreendi que poderia ter sido diferente se não tivesse convidado todos para o passeio e obrigado o papai a nos levar... Mas aprendi que precisamos buscar por bons momentos, sem nos preocupar com o preço a pagar, porque, naquele dia, meus irmãos estavam felizes, muito mais do que quando ficavam em casa com papai trabalhando. E um sorriso é o que importa.

O futuro não nos dá o controle. Ele vem e faz o que quer, sem nos consultar. Mas se não caminhamos rumo a ele, significa que estamos mortos.

Eu vou amá-los eternamente. Mas, se vou continuar sem vocês, é preciso dizer adeus. Um adeus que nunca foi dito, por uma perda que nunca foi aceita.

Agora vou vê-la. Nataly me espera para um jogo de cartas. Apostamos o futuro da nossa casa. Eu estou sorrindo, pois penso que ela vai trapacear e creio que vamos continuar sem lar. Obrigado pelo tempo que me amaram. Eu ia dizer adeus... mas prefiro dizer até breve.

Eu vou virar a página, mas isso não significa que ela não tenha sido lida, ou escrita. É só que eu vou escrever coisas novas.

Até breve, amarei a todos eternamente. Para papai, mamãe, Oliver e Thomas.

Dobrei a carta e a guardei no meio de um livro.

Estava na hora de me despedir. Eu nunca tinha feito isso e agora tinha uma mulher me esperando... um futuro a viver. Sequei a lágrima que se acumulou nos meus cílios e abri um sorriso, indo ao encontro dela.

Minha vida, minha paz, minha esperança... A minha deusa.

O DIA EM QUE TE BEIJEI

DEUSAS DE LONDRES
LIVRO 3

Paula Toyneti Benalia

PRÓLOGO

MARSHALA

Guildford, 1799

A rua estava deserta àquela hora. A madrugada em Guildford costuma ser um deserto. A pequena cidade dormia cedo. Andando sozinha pelas ruas repletas de casarões charmosos, eu não sentia medo.

Nunca se ouvia falar de crimes por ali. As pessoas se respeitavam e a pequena população se sentia como uma família, tendo o direito de bisbilhotar sua vida e saber de tudo que acontecia em tempo recorde.

De família de camponeses, eu vivia longe daqueles olhos curiosos e das línguas acusadoras. Era como morar em outro reino. Meu pai sempre ensinou que a terra era nossa verdadeira amiga e nós quatro — sim, porque minha mãe cuidava de tudo e minha irmã, um ano mais nova, adorava nossa pequena propriedade — aprendíamos tudo que ele ensinava.

Mas algo crescia dentro de mim. Um sonho. Eu amava os vestidos usados pelas ladys que vinham de Londres passar dias em suas casas de campo e desfilavam pela bucólica cidade. Até os membros da corte viviam por lá.

Levantava ainda na madrugada, cuidava de todos os serviços da casa, ajudava meu pai com as terras e criações e depois corria até a pequena cidade, me escondendo em becos para vislumbrar as roupas. Não desejava tê-las, queria fazê-las. Foi assim que minha mãe, sabendo o pouco que sabia sobre costurar, remendando nossas roupas velhas, me ensinou.

Com meus próprios vestidos, fiz a criação da minha primeira peça. Um vestido de baile, com vários recortes nos lugares estratégicos para aproveitar os tecidos. A peça ficou linda. Não como os vestidos das ladys que eu vislumbrava, mas o ideal para poder me disfarçar e entrar sem ser convidada no baile mais guardado da vila.

Ele era conhecido como duque de Guildford. Esse não era o seu título verdadeiro, mas ele carregava o nome da cidade, porque mandava ali. De todas as ruas estreitas, era possível enxergar seu castelo se erguendo sobre a montanha no final. Ele empregava os pobres na propriedade, estava entre os da corte, resolvia qualquer desavença entre os moradores... Era como um rei de Guildford.

Os boatos que corriam eram de que ele era o melhor homem da Terra e que sua beleza era incomparável a qualquer morador. Eu nunca acreditei em lendas, muito menos naquela.

Quando subi até o castelo naquela noite, a intenção nunca foi vê-lo, mas era poder assistir de perto os vestidos mais lindos já vistos na cidade. Todas estariam lá com as criações que vinham até de Paris.

Foi assim que coloquei meus pés naquele lugar pela primeira vez, não imaginando que entraria lá tantas outras. Mas algo mudou naquele dia. A principal delas é que passei a acreditar em lendas quando vi Vicenzo, o duque de Lamberg, seu título verdadeiro. Ele era o homem mais bonito que eu já tinha visto na vida. Seus cabelos negros e seu olhar doce me atingiram como uma bala no peito. Não respirei quando ele me encarou naquela noite. Primeiro porque estava com medo por ter sido descoberta e, depois, porque senti algo inexplicável. Meu coração acelerou e era como se bolhas de ar estourassem na minha barriga.

Seus passos vieram na minha direção e, quando ele estendeu as mãos me pedindo uma dança em minha caderneta, eu respondi que a minha estava cheia de anotações de costura, porque não sabia até então o que era uma caderneta de dança. Ele abriu um sorriso e não foi de deboche. Era um sorriso meigo. E, naquele momento, eu soube que nunca mais esqueceria aqueles lábios se abrindo para mim.

Dançar com ele foi como flutuar nas nuvens e eu não pensei que estava sendo observada por todos, porque não sabia que até então o duque nunca tinha dançado com nenhuma mulher em todos os bailes que oferecia ou participava.

E, na manhã seguinte, ele estava na porta da nossa humilde casa, pedindo a permissão do meu pai para me cortejar.

De um dia para o outro, acordei como uma princesa. As pessoas me olhavam diferente nas ruas e eu fazia parte de alguma forma daquele mundo. Vicenzo me fez acreditar em lendas e depois em anjos. Porque nunca tinha visto alguém tão bondoso. Ele cuidava da cidade porque era incapaz de ver o sofrimento de qualquer pessoa.

O dia em que ele me beijou pela primeira vez, estávamos a sós dentro do seu castelo e ele me puxou para um canto, encostando sua testa na minha e prometendo o mundo que eu não conhecia. Seus lábios tocaram os meus, eles nunca tinham imaginado o que era aquilo, e seu beijo se transformou em um beijo caloroso, elevando nossas temperaturas e fazendo nossos corações saltarem pela boca. Eu sentia e percebi o dele da mesma forma. Foi assim que acreditei em amor à primeira vista, que beijos roubados eram o paraíso e que contos de fadas existiam.

Foi então que comecei a sentir a maldade das pessoas que até então nunca tinha me atingido. Fomos vistos por um empregado do castelo e, no outro dia, minha honra estava suja como a sarjeta dos bairros pobres. As pessoas cochichavam quando eu passava, lembrando-me de que deveria voltar a cuidar do porcos e de que ali não era o meu lugar. Mas não me importei. Porque amava Vicenzo e sabia que ele me protegeria. Porque comecei a acreditar em príncipes encantados de armadura.

Ele marcou nosso casamento para o outro dia. Vicenzo tinha esse poder. Em questão de horas, a festa estava sendo preparada e um vestido perfeito chegou na minha casa.

A cidade se revolucionou, ninguém acreditava que ele se casaria com uma plebeia. Mas não importava.

Nesse dia, voltei ao seu castelo e o beijo foi longo, me fazendo ansiar por algo que não conhecia. Foi assim que suas mãos percorreram meus cabelos, meu rosto e me apertaram contra seu corpo. Foi assim que desejei tocá-lo também, passando minhas mãos por seu peito, que tinha a camisa semiaberta. Nesse instante, ele se afastou, olhando-me com perplexidade, como se eu o tivesse queimado com meu toque e pediu que eu fosse embora sem nenhuma explicação.

Chorei durante toda a noite, sem compreender o que fiz de errado e me sentindo suja. Logo no outro dia, quando cheguei na igreja, ele não apareceu.

Corri até não aguentar mais, sem rumo, até me afastar daquela cidade, perdida e desacreditada do amor, das lendas, dos príncipes encantados e até do céu... Eu sentia uma dor dilacerante porque estava condenada à desonra. Acabara com minha família, com a chance de um bom casamento para minha irmã e com uma tristeza que perpassava meu coração. Não sabia o que era respirar sem Vicenzo.

Eu o odiei de todas as formas, mesmo sabendo que no fundo ainda era tudo amor. E foi isso que me fez voltar escondido para casa na madrugada, roubar um galão de óleo de baleia do meu pai e um fósforo.

Esta motivação me colocou parada em frente àquela casa afastada da cidade. A casa do pai de Vicenzo. Ele me levou lá uma única vez, dizendo-

-me que aquela era a única lembrança que possuía do seu pai. Ele amava aquele lugar muito mais do que seu castelo pomposo. Confidenciou-me que ninguém sabia que aquilo pertencia a ele e me levou para vislumbrar as fotos de família, a coleção de relógios e de armas do pai.

Vi seus olhos se encherem de lágrimas naquele lugar, porque aquilo fazia sentido para a vida dele depois que o pai partiu.

Decidi que se ele destruiu todos os meus sonhos e tudo de bom que eu tinha, precisava retribuir de alguma forma. Despejei com cuidado o óleo de baleia por toda a casa depois de me certificar que estava vazia, e depositei no meio da rua uma *chamise* que ele mandou vir da França e disse que eu usaria na noite depois do casamento. Era meu adeus a ele.

Com os olhos carregados de ódio, acendi o fogo e de longe o joguei. Saí correndo e me escondi, vendo o fogo se erguer e consumir pouco a pouco a casa. Até as pessoas gritarem por socorro e Vicenzo aparecer na rua, passando as mãos pelos cabelos, gritando: *Não!* Até se abaixar para pegar a peça no chão.

Dei as costas e parti.

Guildford não era mais meu lar. Minha família precisava que eu fosse esquecida para continuar a viver e não me despedi. Não tinha amor, não tinha saudade no meu coração. Eu saí de Guildford carregando uma única coisa: ódio.

AGRADECIMENTOS

Sempre, primeiramente a Ele, Deus. O seu amor na minha vida não tem fim. Escrever é além de uma arte, é um dom que só Ele poderia me dar.

Meu obrigada do tamanho do universo, meu amor e minha gratidão à Roberta Teixeira. A Gift abriu as portas para os meus livros e eu fiz morada nessa família. Você acreditou neste projeto e estamos aí com o segundo livro dessa série que eu amo tanto. Você disse que seria sucesso e você não erra. Te amo.

A toda a equipe da The Gift, que cuida dos meus livros com primor, dedicação e profissionalismo. Obrigada por tudo.

Bel Soares, sabe aquele OBRIGADA gigante? Esse é para você. Quando a Roberta sugeriu uma beta, fiquei cheia de receios, porque trabalhar sozinha sempre foi meu forte. Eu não imaginava que poderia encontrar uma tão maravilhosa como você. Você já é exclusividade minha. Amei escrever essa história com você dando pitacos, sofrendo pelos personagens e amando todos eles. Você é incrível.

Teacher Teresa, você começou como amiga, se tornou minha professora de inglês e agora é minha beta também. Te amo, você já sabe disso e o cuidado com meu livro só confirma que você é presente dos céus.

Aos meus leitores que acompanham a série e torcem tanto por Nataly e Pietro, meu eterno amor por vocês. Espero ter feito jus à expectativa de cada um. Em breve teremos mais.

Família, obrigada por tudo. Vocês me apoiam da forma como sempre fazem e, de algum modo, sempre torcem por mim. Eu os amo! Alison, você, meu amor, é sempre o que tem mais paciência com minha profissão. Eu sempre vou dizer obrigada e repetir o quanto te amo. Guto e Pri, vocês são fundamentais para minha sanidade, então este livro é todo de vocês. Amo, amo muito. Aos meus pais, amor e gratidão.

À minha maior incentivadora neste mundo, Maria Angélica Constantino, meu amor infinito por você. Eu não sei fazer nada nesta carreira sem te consultar e você vice-versa, né? Somos irmãs, não tem jeito. E irmãs fazem essas coisas. Obrigada, amiga, por tudo.

E a vocês, meus leitores, que a cada página eu os tenha levado a sonhos e aprendizados, porque um livro não é só palavras escritas sem sentido. É a construção de um mundo paralelo, de onde nos deportamos e saímos cada vez mais diferentes no final da leitura. Quem ama um livro aprende com ele e se faz sempre melhor com as palavras. Até a próxima, até breve!

A The Gift Box é uma editora brasileira, com publicações de autores nacionais e estrangeiros, que surgiu no mercado em janeiro de 2018. Nossos livros estão sempre entre os mais vendidos da Amazon e já receberam diversos destaques em blogs literários e na própria Amazon.

Somos uma empresa jovem, cheia de energia e paixão pela literatura de romance e queremos incentivar cada vez mais a leitura e o crescimento de nossos autores e parceiros.

Acompanhe a The Gift Box nas redes sociais para ficar por dentro de todas as novidades.

🏠 www.thegiftboxbr.com

f /thegiftboxbr.com

📷 @thegiftboxbr

🐦 @thegiftboxbr

🦉 bit.ly/TheGiftBoxEditora_Skoob

Impressão e acabamento